「……逃げないで、くれ……っ」
「……あ……あぁ……っ！」
乳房をもぎ取られるのかと思うほどに激しく揉みしだかれる。
「……ルーチェ、ルーチェ……ああ、ルーチェ……っ」

無情な皇帝の密やかな執愛

～白薔薇姫は可憐に濡れる～

舞 姫美

Vanilla文庫

Contens

イラスト／鳩屋ユカリ

【第一章　十年後の目覚め】

柔らかな薔薇の香りが、鼻先を擽ってきた。それがルーチェの目覚めを促す。

皇城の北棟は陽が当たらないことが多いが、ジーナはとても美しく香り高い薔薇を育てていた。彼女の息子、ルーチェの三歳年下の婚約者は、一番綺麗に咲いた薔薇を摘んで、ルーチェに持ってきてくれる。

酷い幼少時代を送っていたからか、世界を無機質に捉えている幼い年齢には不似合いなほど大人びた深く濃い緑の瞳が、とても印象的な少年だ。皇城勤めの使用人だったジーナが現皇帝の目に留まり、一度だけ手籠めにされて生まれた彼は、母親とともに皇族から虐げられていた。精神的な攻撃だけでなく、肉体的にも——時折顔を顰めてしまうほどの傷や痣があった。

自分を守るために彼は感情を殺した。初めて彼と目が合ったときは、深淵を覗き込んだような気がして身が竦んだほどだ。

けれど一緒に生活していくうち時折笑顔を見せ、薔薇を摘んできてくれるようにまでなった。その小さな変化が、たまらなく嬉しかった。

「今朝の薔薇だ。一番綺麗なものを選んだ。……あなたに」

涼やかな目元を少し赤くし、自分が喜んでくれるか緊張した瞳で、真っ直ぐにこちらを見つめながら差し出される薔薇は、白薔薇だ。

彼はどうやら白薔薇が好きらしい。理由を聞いても彼は唇をぎゅっと強く引き結んで目を伏せ、絶対に教えてくれなかった。

ルーチェは満面の笑みで白薔薇を受け取る。でも少し、照れ臭い。

「ありがとう、リベルト。今日の薔薇もとても綺麗。……でも、今から女性に花を贈ってご機嫌を取る方法を知っているなんて、おませさんね」

「あなたにしかしない。……迷惑なら、やめる……」

ルーチェは白薔薇をサイドテーブルの上に置いてから両腕を広げ、リベルトに抱きついた。

突然のことに対応しきれず、リベルトがよろめく。ルーチェよりまだ背が低い、成長過程の身体では当然だ。それでも倒れないように足を踏ん張り、両腕を背中に回して支えてくれることが嬉しい。

「……あ、あなたはいつも……！　急に抱きつかれると転ぶかもしれないからやめてくれと、何度も言ったはずだ！　そ、それに、じょ、女性がこんなふうに自分から男に抱きつくのは、駄目だ！　ふ、不埒な輩に何かされたらどうするんだ！」

顔を赤くして軽く睨(にら)みつけながら、リベルトは叱責(しっせき)する。ルーチェはきょとんと小首を傾げた。

「不埒なことってどんなこと？」

彼がさらに顔を赤くして口ごもる。ルーチェは少年の脇腹に両手を滑らせ、擽った。

「わかったわ。不埒なことってこういうことね！」

「違……っ、馬鹿、そこは駄目だ！　やめ……っ!!」

ついに耐えきれずに身を捩(よじ)り、リベルトは声を上げて笑った。年相応の笑い声に満足して擽るのをやめる。そして改めて、今度は彼を包み込むように抱き締めた。

「私はあなたが大好きよ。あなたがしてくれることで迷惑なことなど、何もないわ」

背中に腕が回され、リベルトが抱き返してくれる。何だか急に尋ねてみたくなった。

「ねえ、リベルトは私のこと、好き？」

リベルトが口を噤(つぐ)む。そして難しい表情で続けた。

「好きだ。……だがそれは、俺が欲しい『好き』とは違うんだ……」

意味がわからず、きちんと話を聞こうと身体を少し離そうとする。手首ががしっ、と容赦ない力で摑まれたのは、その直後だった。

少年の手ではなく、骨張った青年の手だ。どうして急に、と見上げた顔は、リベルトのものではなかった。

夕焼け色の赤毛ではなく——暗い深淵の闇を思わせる黒髪の青年が、嗤っている。

「ずいぶんといい女になったな。これならば楽しめそうだ」

(嫌……!!)

不気味に歪んだ唇を見て、自分に何をしようとしているのか本能的に悟った。渾身の力を込めて手を振り払おうとしても逃れられず、押し倒され、ドレスの襟に手をかけられる。

寡黙だけれど優しいリベルトと、半分とはいえ血が繋がっているとは思えない非道さだ。

だがそれが、この一族を形作るものなのだ。リベルトとジーナの優しさと誠実さに助けられ、癒やされ——だからこそ、見えなくなってしまっていた。

(ああ、そうだわ。私はこの男たちに、家族を——国を滅ぼされたのよ)

ルーチェの純潔は、駆けつけてくれたジーナとリベルトによって守られた。その代わり、ジーナは激昂した青年によって容赦なく剣で斬られてしまった。

青年は倒れたジーナをつまらなさそうに見つめていた。リベルトは事態をすぐには理解できず、緑の瞳を大きく瞠って母親を抱き起こす。彼の身体が、ジーナの血で濡れていく。

母親をかき抱き、彼が何かを呟いた。恐ろしい言葉だと理解できるのに、何と言ったのかわからない。

わかるのは、彼が大切にしていた、たった一人の『家族』が、自分のせいで喪われてしまったということだ。

どんな償(つぐな)いをすれば、許されるのだろう。いや、一生許されない。

(ごめんなさい、ごめんなさい、リベルト。私のせいで……!!)


「……リベル、ト……っ!!」


伸ばした手を強く握り締めてくれる温もりがあった。それがルーチェを覚醒させる。

呼びかける声は、優しいけれども深みのあるものだった。とても心配されている。リベルトの声に似ているが、彼ではなかった。

「……ルーチェ……!」

夕焼け色の明るい赤毛と前髪の影が落ちて深みを増す緑の瞳、すっと整った鼻筋と薄い唇、凛々(りり)しい頬と顎(あご)、大きな手と骨張った指——思わず見惚(みと)れてしまいそうなほど整った顔立ちをした青年に、リベルトの面影が重なる。だが、彼はまだ十五歳だ。大人の男性ではない。

急いでここに駆けつけてきたのか、青年の息は弾んでいた。まだ整わない呼吸のまま、ベッドに横たわったルーチェを心配げに見つめている。

「ああ……ルーチェ、ルーチェ……俺の声が、聞こえるか……? 言っていることが、わかるか……っ？」

こちらの反応を待つ青年の深い緑の瞳は、必死だった。ルーチェは状況がわからず、軽く目を瞠ったままだ。

青年が握り締めた手を引き寄せ、手の甲に唇を押しつける。きつく眉根を寄せると、嘆願するように続けた。

「頼む、ルーチェ……何か言ってくれ……！」

（……男の人が、私、に……）

直後、襲われたときの記憶が蘇った。ルーチェは青ざめ、唇を戦慄かせる。抵抗したいのに身体が上手く動かず、喉から押し出した声は掠れ、きちんとした音になっていなかった。

（嫌！　触らないで!!）

青年から逃れようと、懸命にもがく。掠れた声で、拒絶と抵抗の悲鳴を上げる。見開いた瞳から涙が零れた。

青年が痛ましげに眉根を寄せ、ルーチェの身体を強く抱き締める。振り解けない。それでも何とか逃げようとする。青年が、ルーチェの頭を深く抱え込んだ。

「大丈夫だ。俺はあなたを傷つけない。絶対に傷つけない。ここに、あなたを傷つけるものは何一つない！」

渾身の力を込めて顔を上げ、涙で濡れた瞳で青年を睨みつける。少しでも怯めばいいと片手を振り上げ、青年の頬を叩いた。

容易く避けられると思ったのに、青年は静かに平手を受け止めた。乾いた音と掌の痛みにハッとする。狼狽えたルーチェの頬を、青年は労るように撫でた。

「信じてくれ、ルーチェ。俺はあなたを傷つけない……」

引き寄せられ、きつく抱き締められる。

触れられて嫌なはずなのに、不思議と落ち着く温もりだ。ジーナとリベルトを思い出す温もりだった。

（どうして私、この人を信じようとしているの……）

抵抗の力が、徐々に失われていく。散々喚いて、疲れた。

ルーチェは大きく息を吐いて、身体の力を抜く。そして、ぽつりと呟く。

「……痛い、わ……」

「……すまない！」

抱擁というよりは拘束だったことに気づいたらしく、青年が慌てて腕の力を緩めた。だが身体に回った手は離れない。

ルーチェは改めて顔を上げ、青年の顔を見つめた。

（リベルトの面影があるわ……。どういうこと？　まさか他にも兄がいたの？）

皇帝の子として認知されているのは、リベルトと、皇妃との間にできた彼の二人の兄だけだ。父親が同じでも、二人の兄はリベルトとはまったく似ていなかった。その代わりのように、父親と性格はよく似ていた。そう、自分を玩具の如く犯そうとしたように。

あのときのことを思い出すと同時に、喪われた命に胸が痛む。

だが奇妙だ。ジーナが自分を庇ったあとのことが、思い出せない。それどころかどうして自分がここにいるのかもわからない。

周囲を見回そうとして、つきん、と頭の奥が痛み、こめかみを押さえる。青年が慌てて顔を覗き込んできた。

「痛むのか。少し待ってくれ。薬を持ってこさせる」

青年が言ったあと、扉の外で誰かが走っていく足音がした。ほどなくして知らない顔の女の使用人が、薬の入ったグラスを持ってくる。

グラスを受け取り、青年が渡してくれた。受け取ろうと手を上げるが、何だか不自然に強張っている。

(私の身体……変、だわ。何か、動きがぎこちなくて……)

「どうした？」

「……ごめ……なさ……身体、が……あまり上手く……動かなくて……」

声を出すのもぎこちない。青年は痛ましげに眉根を寄せたあと、言った。

「仕方がないことだ……あなたは長く眠っていたのだからな。……すまない」

言葉の意味がわからず困惑（こんわく）の目を向けた直後、青年がグラスの中身を口にし――そっとくちづけてきた。

（な……に……？）

青年の唇がルーチェの唇に押しつけられ、そっと擦るように動く。舌先が優しく唇の合間に差し入れられ、開くように促してきた。

あまりにも突然すぎて、何をされているのか理解できない。大きく目を見開いたままのルーチェを青年はじっと見つめながら、口移しで薬を流し込む。

水分を口中に感じた直後、強烈な渇きを覚えた。どうしてそれほどまでに水が――いや、水分が欲しいと思うのかわからないまま、与えられた薬を飲み込む。

（足りない）

唇を自ら開いて飲み下しながら、グラスを奪い取ろうとする。青年が取られないようにグラスを高く上げ、唇を離して言った。

「駄目だ。ゆっくり……全身に染み渡るように飲まなければ」

「もっと……もっとちょうだい……!!」

そんな飲み方では、この渇きは癒やされない。グラスに手を伸ばすが、再び青年に口移しで薬を与えられてしまう。

薬を飲み終えても、渇きは収まらなかった。先ほどの使用人が心得ていたのか、水のたっぷり入ったデカンタを持ってきてくれる。それを一気飲みしたい気持ちになって手を伸ばすが青年に阻まれ、再び口移しで飲まされてしまう。

口移しなど手間がかかる飲ませ方なのに、青年に面倒がる様子はまったくない。それどころか飲みやすくするためかベッドに乗り上がって傍らに座り、立てた膝を背もたれ代わりにしてルーチェの上体を抱き支えてくれる。

「お、願い……もっと……!!」

青年が小さく息を呑み、耐えるようにわずかに眉根を寄せて、頷いた。

「……ああ、わかっている。あなたが望むなら、もっと……」

「早、く……んんっ」

水分を強く求めるがゆえに、青年の唇が近づくのを焦がれるように待ってしまう。

唇が深く重なり合い、水を与えるために青年の舌が口中に入り込む。ルーチェも無意識のうちに舌を動かし、青年のそれと触れ合った。

直後、互いにビクリと大きく身を震わせてしまう。

青年が焦ったように唇を離した。いけないことをしたことに気づいて我に返り、目元を赤くして俯く。

(私にはリベルトという婚約者がいるのよ！　それなのに、少しリベルトに似ているからってこんな……!!)

自分を叱責し、大きく息を吐く。

デカンタの中身はいつの間にか空(から)になっていた。それだけ何度も口移しを——くちづけをしていたということだ。飢(う)えたように水分を求める気持ちは、気づけば収まっている。

「もう大丈夫、か？」

「……はい、ありがとうございます」

色々とわからないことばかりだが、助けてくれたことはわかる。ルーチェは慌てて頭を下げた。

ベッドから下りようとするが、身体が強張って上手く動かない。一体どうしてしまったのだろう。

気持ちが落ち着けば、ふと心に引っかかる言葉が浮かび上がった。彼は水を飲ませるときに、長く眠っていたのだから、と言っていた。

長く眠っていたとは、どういうことだろう。そのせいで、自分の身体なのに思うように動かない違和感を覚えるのだろうか。

（私は……どうしていたのかしら……）

記憶を探るが思い出せない。この部屋も知らないところだ。

窓が多めに作られた室内は明るく、レースのカーテンが日差しを柔らかくしている。いくつか窓が開いていて、心地よい風と清廉な薔薇の香りが室内を優しく満たしていた。

枕元のサイドテーブルには大きな花瓶があり、盛りの白薔薇が生けられている。ベッドもふかふかで、清潔だ。枕にはサシェが縫い付けられていて、そこからも白薔薇の香りがした。天蓋からは透き通るほど薄い紗が下ろされている。贅沢で清潔な寝室は、日陰者と蔑まれていた自分たちの住まいにはないものだった。

リベルトはどこにいるのだろう。ジーナが亡くなり、葬儀を済ませたとはいえ、立ち直れてはいないはずだ。まだ泣いているところを見ていない。せめて彼が哀しみの涙を流せるようになるまで、傍にいてやりたかった。

（だって私のせいで、ジーナさまは亡くなられてしまったのだもの……）

「あの、リベルトはどこにいるのでしょうか。私、リベルトの傍にいなければ……まだジーナさまのために泣いているところを見ていないのです。哀しいときは我慢しないで泣いてしまわないと、心が壊れてしまうもの……」

自分がそうだった。だがジーナが優しく包み込むように抱き締めてくれて、大声で泣くことができた。心が憎しみや哀しみに支配されてしまう前に、彼女が助けてくれたのだ。

（そしてリベルトも）

世間体のために押しつけられた自分を、婚約者として受け入れ、ジーナとともに不器用ながらも優しく接してくれた。二人がいなければ、祖国を想って自死していたかもしれない。

独り言のように呟くと、青年が愛おしげに目を細めて見つめてくる。その眼差しにドキリとした。

「あなたの中で、俺はまだ十五歳のままなのだな」

彼は何を言っているのだろう。

青年がルーチェの手を握り締めてきた。その手は大きく、固く、ルーチェの手をすっぽりと包み込む。そして何よりも、ホッとする温もりだ。

「ルーチェ、落ち着いて聞いてくれ。あなたのリベルトは、今、目の前にいる。この俺だ」

目の前の青年はどう見ても自分より年上だ。ぱっと見、二十代半ばに見える。確かにリベルトの面影はあるが、そもそも彼とは年齢が合わない。

「……何を言っているの……？　リベルトは十五歳よ。あなたとは年齢が違うわ」

「そうだ。あのときから……母上が亡くなったときから、十年経っている。あなたはその間、仮死状態だったんだ」

「仮死……状態……？」

衝撃に、大きく目を見開く。

一体何を言っているのか。目覚めたら十年経っているなど、あり得るのか。

（そんな魔法のようなこと、あるわけがな……）

ずきり、と頭が痛む。

（……そうだわ。ジーナさまの葬儀のあと……）

混濁した記憶は、ぼんやりとしていてよくわからない。それでも切れ切れに覚えていることがあった。

ジーナの葬儀のあと、誰かに何かを飲まされた。あれは口移しだった、のかもしれない。何かを飲まされたことは覚えている。それが原因なのか？

（わからない……わからない、わ……）

片手で額を押さえると、途端に青年が──リベルトが心配そうに瞳を曇らせて、顔を覗き込んできた。

「すまない、まだ身体が本調子ではないというのに無理をさせているな。横になってくれ」

ルーチェの背中を支え、ゆっくりと横たわらせてくれる。壊れ物を扱うかのような、どこかぎこちない仕草だ。

（でも、優しい）

「……本当に……リベルトなの……？」

確かに面影はある。髪と瞳の色も、リベルトと同じだ。だが十年を経た彼は、想像もできなかったほどに凜々しい青年になっていて、別人と変わらない。それでも自分に向けられる優しさや親しみは、間違いなくよく知るリベルトのものだった。

もっと自分のよく知る部分を見つけたくて、両手で彼の頬を包み込む。リベルトが手の甲に自分の両掌を重ね、すり……っ、と柔らかく頬ずりした。

「……ああ、温かい。あなたの、温もりだ……」

愛おしげに目を細めて呟かれると、なぜだかひどく心がざわついた。慌てて手を離そうとすると、リベルトの方からぎゅっと強く握ってくる。

「あともう少しだけ……あなたの温もりを感じたい」

妙にドキドキしてしまって、何も答えられない。リベルトは捕らえた手に頬ずりし、指を絡めるように握り込む。時折、掌や指の関節に優しくくちづけられる。

とても愛おしげな仕草に嫌悪感はなかったが、羞恥で居たたまれなくなる。

「あ……の、もう……」

ハッと我に返ったリベルトは、名残惜しげにしながら手を離し、ルーチェの手を掛け布の下に入れてくれた。

「頃合いを見て、また来る。それまでは休んでくれ」

前髪を優しくかき上げ、額にくちづけられた。おやすみのくちづけと変わらないのに、触れる唇の感触にドキリとする。リベルトは小さな笑みを見せたあと身を起こし、控えていた使用人にあとのことを任せると命じ、部屋を出ていった。

ルーチェはその後ろ姿が見えなくなるまで、じっと見つめる。

(背が……高いわ。私よりもずっと……頭一つ分、くらいかしら……。身体も引き締まっている。鍛えているように見える……。足も長くて……歩き方、少し速いかしら……？　隣に並んで歩くとき、置いていかれてしまう、かも……）

自分の知る十年前のリベルトと今の彼との違いを、確認してしまう。

異なる部分しかなく、本当に彼なのか信じきれない。それでも『リベルト』なのだと理解している自分が心の中にいることが、不思議だった。

扉が閉まり、彼の姿が見えなくなる。それが無性に寂しくて、慌てて目を閉じる。状況がよくわからず、気弱になっているからだ。

色々と考えすぎたからだろうか。強烈な気怠さが身体を包み始めた。それに逆らうこともできず、ルーチェはゆっくりと眠りに沈んでいった。


限られた者しか出入りできない離宮の回廊を、リベルトは無言で進んでいく。彼女が目覚めたら心癒やす場の一つになるようにと作った庭が、回廊の外には広がっていた。

今は白薔薇が盛りの時期だ。庭一面に清らかな白が広がっている。この薔薇の庭を見たら、ルーチェはとても喜ぶだろう。子供のように瞳を輝かせる明るい笑顔が、すぐに心に思い浮かぶ。

だが十年の眠りから目覚めたばかりの身体は、まだ本人の意思通りには動かないはずだ。身体が完全に元通りになるまでにはしばらく時間がかかると、医師のアロルドから聞いていた。

彼女にとっては、もどかしい時間だろう。だが焦ることはないと、言い聞かせなければ。

彼女が目覚める瞬間に傍にいることができて、本当によかった。目覚める気配が少しでもあったらすぐに知らせるよう、もう何年も前から命じていた。絶対にそのときは、傍にいたかった。

鳥の羽根のような長い睫が震え、瞳がゆっくりと開いていく間、透明な湖面を思わせる美しい水色の瞳をじっと見つめていた。身体が再び生を刻み始めた証のように、頬や唇に血の気が生まれていった。まだほんの少しだけ幼さを残す卵形の可愛らしい顔立ちは、癖のない真っ直ぐな柔らかい銀の髪に縁取られ、美しかった。白薔薇が人になったら彼女のような姿になるのだろうといつも思うほどの美しさだ。

だが彼女は自分の容姿に頓着しない。外見で人を評価したりしないからだ。そしてどこか儚げな容姿に反して、彼女の笑顔は明るく力強く、そして大らかな優しさを持っている。

母とは違うルーチェの優しさは、幼い自分をいつも支えてくれた。姉のように友人のように、誰よりも近い異性として、彼女は傍にいてくれた。

彼女自身にも過酷な運命はあった。それでも自分を労り、慈しんでくれる心の強さがある。

その心を守るためとはいえ、十年は長かった。本当に、長かった。

（ルーチェ……ようやく、あなたが目覚めてくれた……）

抑えていた喜びがこみ上げてきて、リベルトは近くの円柱にもたれかかった。喉の奥が熱くなり、両手で顔を覆って目を閉じる。目元に、じわりと涙が滲(にじ)んだ。

　ああ、とリベルトは嘆息した。母が亡くなったときに涙などもう出ないと思ったのに、まだ残っていた。

（あなたが、俺を『人』に留(とど)めてくれている）

　回廊の奥に遠慮がちな気配を感じ取り、リベルトは顔を覆っていた手を外す。使用人用のお仕着せを着た二人の女が深く頭を下げた。

「ルーチェさまはお休みになりました。アロルドさまがこの間に診察をされるとのことです。次にお目覚めになるまではそれほど長くかからないと仰(おっしゃ)っていました」

　二人はそっくりで、違いは口が利けるか利けないかだけだ。双子の姉エルダは喉をかき切られたために声をなくしている。姉と心が通じ合っているのか、妹のイルダが代わりに姉の言葉を伝えるのだ。

「わかった。残りの仕事は一時間で片付けてくる。だがそれより早くルーチェが目覚めるようだったらすぐに知らせろ。彼女のどんな変化も見逃すな」

　十年の眠りから覚めて彼女は困惑し、戸惑(とまど)っている。そして十年の眠りに陥(おちい)らせた薬のせいで身体が上手く動かず、記憶も混濁しているのだ。

　自分が傍にいてやりたい。……いや、自分以外の誰かを傍に置いたりしたら、何があるかわからない。

できることならば四六時中、彼女の傍にいてすべての世話をしてやりたい。着替えも食事も移動も、全部自分がしたい。再び生き始めた彼女の様子を一番近くで見守り、いつでも触れて確認したい。

だが立場上、それが難しいことは理解している。リベルトは不満を隠せず、苛立（いらだ）たしげに嘆息した。

「警護はこれまで以上に厳しくしろ。少しでも不審な者が近づくようなら殺せ」

「はい、畏（かしこ）まりました」

双子はお仕着せのスカートを摘（つま）んで腰を落とし、当然のことと頷いた。

ルーチェと同じ年頃のか弱き乙女の姿をしているが、それは見た目だけだ。よほどの手練（てだ）れでなければこの双子の警護を破って彼女を奪うことはできない。

深く頭を下げたままの双子を残し、リベルトは名残惜しい気持ちを飲み込んで皇城へと向かう。ルーチェの傍にいたいが、彼女に安心して暮らしてもらうためにも、自分の仕事をおろそかにはできない。

（ルーチェや母上のような者を増やさないために）

そのために、この十年、生きてきた。だが、とリベルトは足を止めずに思う。

（俺があなたにしたことを知ったら……あなたはどう思うだろうか……）

思わず足が止まる。リベルトはぎゅっと一度強く目を閉じた。そして開き――迷いのない一歩を踏み出した。

グレンシア大陸の最北に位置する大国――ガスペリ帝国は、大陸の半分ほどを占める大帝国でありながら領土の三分の一が氷に閉ざされている厳しい環境下にある国だ。草木が芽吹いている時期は短く、国土の広さに反して資源は少ない。そういった自然環境の下のせいか、帝国は必要なものを他国から奪うという戦いの歴史を歩んできた。

代々の皇帝は、国の繁栄には領土を広げることが絶対に必要なことだとしてきた。目をつけられたら厄介(やっかい)な大国だった。

数代前の皇帝の時代に、ガスペリ帝国はジンガレッツリ王国の隣にまで領土を広げた。ジンガレッツリ王国は大陸の中で一番小さな国であったが、大陸の民からは特別視されている。それはこの世界を創った創世神が一番はじめに降り立った地で、ここから人という種族が創られたとされているからだ。

ジンガレッツリ王国の王族は創世神の末裔(まつえい)と言われ、世界中の民が神聖視している。創世神が降り立った地には神殿が作られ、王族は祈りを捧げ、民に創世神の素晴らしさを広めていた。

だがガスペリ帝国にとって、信仰には大した価値がない。領土を広げ、信仰による寄付で豊かに栄えている王国を自国に吸収することで、さらなる富を得ようとした。帝国は王国に侵攻し、自国に吸収した。反旗を翻すことがないよう、王族は皆、処刑された。

帝国の非道な行いを、世界は批難した。信仰の対象を奪われたことによる批難は帝国が思う以上だった。王国を取り戻すために連合軍が結成され始めたことにより、当時の皇帝が王族の誰かを自分の息子に嫁がせることにした。

直系王族はすでに全員死亡し、適当な王女がいない。だが、運よくジンガレッリ王国国王の妹の娘が生き残っていた。事実上、最後の王族となる娘を帝国に連れていき、皇帝は自分の息子たちに欲しい者はいないかと問いかける。

皇帝には皇妃の間に二人の息子と、当時皇城に勤めていた使用人との間に一人の息子がいた。皇妃の息子は連れてこられた娘が幼く好みでなかったために断り、日陰者としてあざ笑っていた使用人の息子に押しつけた。

当時十歳の皇子と、亡国の姫として皇帝に祭り上げられた十三歳の娘は婚約する。ガスペリ帝国が世界に対して創世神に反旗を翻したわけではないという言い分は、辛うじて世界に受け入れられた。それがリベルトとルーチェの出会いだった。

――次に目が覚めたのは、夜の帳が下り始めた頃だった。

枕元には大人のリベルトがいた。椅子に腰を下ろし、軽く足を組んで、膝の上に乗せた本を読んでいた。

足がすらりと長い。無駄な肉がついていない肢体は質素とも言えるシンプルなデザインの服に包まれている。だが使われている生地やボタン、ブレードは質のいいものを使っていることがわかった。

ただ本を読んでいるだけなのに、高名な画家が描いた一枚絵のように見惚れるほどの魅力がある。同時に、不用意に近づいてはいけない高尚さもあった。

（本当にこの人が、十年後のリベルトなの……？）

記憶の中のリベルトも、母譲りの端整な顔立ちをしていた。だが自分よりも背が低くほっそりとしていて、いつも無表情だった。けれど自分を姉と慕ってくれる可愛らしいところがあった。

だが目の前の彼は一人の魅力的な成人男性で、どういう態度を取ればいいのかわからない。見つめていると、不思議とドキドキしてしまう。年下の弟のように可愛がっていたリベルトにも、最近はよくドキリとしてしまうときはあったのだが。

ふと、彼の手元の本が気になった。どこかで見た表紙だ。記憶を探って気づく。

（ジーナさまと一緒に読んでいた恋愛小説のシリーズだわ……）

日陰者として北の棟に追いやられていた自分たちには、貴族階級の娯楽にほとんど縁がなかった。だが本は比較的手に入れやすく、皇城内にある図書館から月に何冊か借りていた。ジーナが面白いと勧めてくれた作家の恋愛小説は、ルーチェにも感銘を与えた。二人でまるで同世代の乙女のようにその作家の新作を楽しみにしたものだ。リベルトには何が面白いのかわからないと言われてしまったのだが。

呼びかけるために唇を動かそうとすると、気配に気づいてリベルトが顔を上げた。

本を閉じて椅子に置くと、近づいてくる。風のように素早く、無駄のない動きだ。あっと思ったときにはもう彼の片腕が背中に回され、上体を起こすのを手伝っていた。力強い。自分の知るリベルトでは、こうも容易く自分を抱き支えることはできなかっただろう。

「どこか辛（つら）いところや痛いところはないか？　気分の悪さは？」

椅子を引き寄せて座りながら、とても心配そうに尋ねられる。低い声は幼い少年のものとはまったく違っていたが、こちらを覗き込む深い緑の瞳が、記憶の中のものと重なった。

（私が風邪を引いて熱を出してしまったときとても心配してくれて、ジーナさまと一緒にずっと傍にいてくれたわ）

そのときの瞳と同じだ。確かにリベルトなのだとわかる部分が見つかり、何だか嬉しくなって口元が綻（ほころ）ぶ。

「どうした……？　変に我慢はしないでいい。何でも言ってくれ」

「心配してくれてありがとう。どこも痛くないし辛くもないし、気分も悪くないわ」

　ほ……っ、とリベルトが小さく息を吐く。自分がよく知るリベルトと同じく、その表情に変化はあまり見られない。だが、ほんのわずかな仕草が、彼が今、何を思っているのかを教えてくれる。そこは十年経っても変わらないようだ。

　また笑みが零れそうになった直後、腹部から空腹を主張する盛大な音がした。

　リベルトと見つめ合ったまま、ルーチェは身を強張らせる。まさかここで、こんなふうに身体の欲求が出てくるとは！

　羞恥で顔が真っ赤になる。リベルトは驚きに瞠っていた目を細め、嬉しそうに笑った。

「すぐに食事の用意をさせる。しばらく待っていてくれ。……そうか、そうだな。十年ぶりに目が覚めたのだから、まずは腹が減るに決まっているな……」

　破顔の表情に、ドキリとする。こんなに喜んでくれるとは思わなかった。

（それに……泣いて、いるの……？）

　理知的な目元に、淡い雫が一瞬だけ滲んだように見えた。彼が瞬きをしたらもう消えてしまったから、見間違いだったのかもしれない。

　サイドテーブルに置かれていた呼び鈴を鳴らすと、二人の女性が姿を見せた。エキゾチックな黒い黒髪をきっちりと結い上げ、お仕着せを纏っている。合わせ鏡のようにそっくりで双子とわかる。

　髪の色から異国の血が混じっていることもわかった。自分と同じくらいの年頃だろうか。目覚めたときにも見かけた使用人だった。

「食事の用意を」

「畏まりました。ルーチェさまにご挨拶をさせていただいてもよろしいでしょうか」

　リベルトが小さく頷くと、双子はスカートを摘んで低く腰を落とす礼をした。とても完璧なマナーの美しい礼だ。

「初めまして、ルーチェさま。これからルーチェさまのお世話をさせていただきます、イルダと申します。こちらは双子の姉、エルダです」

　エルダと呼ばれた彼女が顔を上げ、微笑む。優しく穏やかな笑みだ。包み込むような雰囲気につられ、ルーチェも笑顔を返す。

　てっきりイルダと同じ挨拶をしてくるのかと思ったが、にこにこと優しい笑顔を浮かべたまま唇を動かさない。イルダが申し訳なさげに続けた。

「姉は話すことができません。ご挨拶ができず、申し訳ございません」

　そうだったのか。ならば筆談ができるのかと聞けば、エルダが頷いた。

「何の問題もないわね！　どうぞよろしく、エルダ」

　双子は驚きに軽く目を瞠ったあと——嬉しそうに笑って頷き、部屋を出ていく。リベルトが言った。

「慣れるまで不自由かもしれないが、よく働く。それに武術にも長けていて、あなたの護衛としても問題ない」

どういうことなのだろう。守ってもらわなければならない立場ではなかったはずだ。

（そんな立場も権力もないけれど、十年も仮死状態になるような薬を飲まされたわけだから……）

記憶を探ってみるが、やはりそのときのことはよくわからない。リベルトの義兄に当たる第一皇子セストに襲われ、それが未遂に終わったあとにはジーナの死があり——心がとてもついていけなかった。そのせいで、記憶が混濁しているのだろう。

（……ああ、でも……私が、あなたに酷いことをしたことは、間違いないのだわ……）

彼の最愛の母親が、自分のせいで死んでしまった。それを、どう償っていけばいいのか。

……わからない。

急に身体が冷える。ジーナの死について、自分はきちんと彼に詫びたのだろうか。それすらも覚えていない。

ルーチェは指先に触れた掛け布をぎゅっと強く握り締めた。

「あのっ、リベルト、私……っ」

勇気を奮い起こして話そうと思ったが、双子が食事を持ってきたことで機会を逃してしまう。

「あとは俺がする。呼ばれるまで下がっていろ」

一礼して双子が退室すると、リベルトがトレーを膝の上に置いた。皿を手渡されるのかと思ったが、スプーンで中をすくい、口元に差し出してくる。

数種類の緑色野菜をよく煮込み、ペースト状にしたものだ。胃に負担をかけないようにしてくれているのだろう。

だがこれでは幼子に食べさせるのと変わらない。十八の娘にすることではないと、戸惑って見返す。リベルトは真面目な顔でスプーンを差し出したままだ。

「ちゃんとした食事をさせてやりたいが、あなたは目覚めたばかりで、それは負担になってしまう。まずは胃に優しいものからでないと……」

気恥ずかしいからという理由で拒むのは、とても申し訳なく思えてしまう。ルーチェは目元を赤くしながら、小さく言った。

「……あの、自分で食べられる、から……」

リベルトが今そのことに気づいたとでもいうように、目を瞠った。ほんのわずか、彼の目元が赤くなる。だが、やめるつもりはないらしい。

「……病み上がりだ。俺が食べさせる」

「……で、でも……っ」

「あなたは十年も仮死状態だったんだ。アロルドがもう大丈夫だと言うまでは、あなた一人であれこれしてはいけない」

どこかで聞いた名だ。誰だったろう。記憶を探るが、薄い紗が下りているように思い出せなかった。

訝しげな表情に気づいて、リベルトが教えてくれる。どうやら主治医らしい。十年仮死状態だったルーチェの身体を、定期的に診てくれていたという。

「そうだったの……ならば次にお会いしたときに、お礼を言わなければね！」

「あなたが起きている状態を診たいと、明日来る予定だ」

言ってリベルトが、再びスプーンを口元に近づける。

「さあ、口を開けて」

真面目な顔で続けられる言葉に、自分の知る彼にはなかった強引さがあった。拒みきれない圧を感じ、仕方なく口を開ける。

ペースト状のそれは、見た目よりもずっと美味だった。ブイヨンの味が感じられ、舌にざらつきが一切感じられない滑らかさだ。ゆっくりと味わったあとに飲み込むと、さらに空腹感を覚えた。

はしたないとわかっているが、スプーンを奪い取ってかき込みたい。

「やっぱり自分で食べるわ」

「駄目だ。俺が食べさせる」

再びスプーンで皿の中身をすくい、食べさせてくれる。嚙み砕く必要などないはずなのに、そうしろと言われてもどかしい。もっと欲しいのに、焦れったくなるほどゆっくりだ。

だが半分ほど食べ終えたあと、満腹感がやってきた。自分でも驚いてしまう。食べたい気持ちはあれども、身体が受け付けない。

「……ごめんなさい。もう……いらない、わ……」

「ああ、わかっている。大丈夫だ。さあ、水を飲んで」

背中を支えながらグラスをゆっくりと傾け、飲ませてくれる。二口ほど飲むと満足した。

十年ぶりに目覚めた身体は、通常通りとはいかないようだ。リベルトの言い分が正しいと理解し、素直に謝った。

「ありがとう、リベルト。食べたいだけ食べていたら、吐いてしまっていたかもしれないわ……」

「徐々に身体を慣らしていくしかない。もどかしいかもしれないが、しばらく耐えてくれ」

頃合いを見計らってやってきたエルダが食器を下げる。礼を言うと少し驚いた顔をしたもののの、すぐに嬉しそうに笑い返してくれた。会話はできなくとも感情を見せてくれて、ルーチェも嬉しくなる。

エルダが立ち去ると、リベルトは思案げな表情で尋ねた。

「少しだけ話をしてもいいか。身体が辛くなったらすぐに言ってくれ」

　気遣ってもらえるのは嬉しいが、硝子細工を扱うかのような態度には違和感を覚えてしまう。ルーチェは思わず笑った。

「心配しすぎだわ。ちょっとまだ身体が思うように動かないだけで……それに、私はそれほどやわではないわよ！　あなたより背も高かったし、体力もあった、し……」

（――もう、違う）

　十年の月日はリベルトを立派な青年へと成長させた。年下のぶっきらぼうな可愛い弟の面影は、見返した端整な顔からはほんの少ししか感じ取れない。

　リベルトはどんな感情を抱いているのかまったくわからない無表情な緑の瞳を、こちらに向けている。思わず背筋に寒気を覚えるような、虚無すら感じる瞳だ。

　妾腹の子であるため兄たちや皇妃からよく思われておらず、肉体的にも精神的にも酷いことをされていた。折檻や罵倒などは当たり前で、生傷が絶えなかった。腹立たしいことにそれを見て庇う者はほとんどおらず、皇妃の威光を笠に着て使用人たちもリベルトを虐げていたほどだ。

　だがリベルトは、自分のせいでジーナが悪く言われないようにと、耐え忍んでいた。感情を殺し、反応しないように努めていた。また、彼らに攻撃の隙を与えないよう、身体を鍛え、勉学に励んでいた。彼の心の強さを、ルーチェは尊敬していた。

それでも、ルーチェやジーナの前では子供らしい反応を少しは見せていた。こんな目は、見たことがない。

「……ごめんなさい。あなたはもう立派な大人だった、わね……」

「立派かどうかは疑問だが、少なくともあなたを守れる男にはなったつもりだ」

それはどういうことだろう。思わずドキリとしながら見返す。

「今、この国がどうなっているのかを、教えよう」

言ってリベルトは、ルーチェが仮死状態だった間に帝国に起こったことを手短かに教えてくれた。

――ジーナが他界し、ルーチェが仮死状態になったあと、リベルトは国の腐敗を正すことを決意した。リベルトも、この国の文化とも言える『力こそすべて』という考えを持ってはいるが、それは弱き者を守るためにあるとしている。残念ながら帝国内では少数派だ。

貧富の差は酷くなる一方だった。弱者と強者ですべての物事が分けられてしまうような国のあり方は代々の皇族によるものだと考えたリベルトは、五年かけて同じ考えを持つ仲間を集め、クーデターを起こし、王位を継いだ。今、ガスペリ帝国皇帝は、リベルト・タリアラテーラだ。

言葉でこの十年を要約すると、あっけないほど簡単だ。だが皇帝の冠と錫杖(しゃくじょう)を手にするために彼がしてきた努力はどれほどのものだったのか、想像もできない。

ルーチェは大きく目を見開く。

「……今の皇帝が、あなた……」

「そうだ。俺の大事なものをこれ以上傷つけさせないためには、この国の頂点に立つのが一番いい。俺はあいつらに母を奪われ、あなたをも奪われようとしていた。それを許すことは絶対にできない」

リベルトがルーチェの片手を取り、掌を頬に押しつける。温もりを――生きている証を確かめるような仕草だった。

「……あなたが目覚めてくれて、とても嬉しい……」

小さく零れた呟きに、胸が痛む。されるがままになりながら、ルーチェは俯いた。

「でも、ジーナさまが亡くなったのは、私を、守ってくださったから、で……」

第一皇子セストは、外でボランティア活動していたルーチェの姿を偶然見かけて興味を持ち、自分の玩具にしようとした。ジーナと二人で部屋で刺繍をして、女同士の他愛もないおしゃべりを楽しんでいたときだった。

（先触れもなくやってきて、私を……）

寝室に引きずっていき、ベッドに押し倒して犯そうとした。ジーナがセストを突き飛ばしたところ、不意打ちの攻撃に対応できず、彼はベッドから転がり落ちた。それが彼の怒りを買い、セストはジーナとルーチェを斬り殺そうとした。

――そして、ジーナはルーチェを庇って斬られ、死んだ。

ふる……っ、と身体が震え始めた。あのときのことを、思い出す。

ルーチェに抱きついて庇ったために左肩から腰までを斜めに斬られた傷から血が溢れ、ジーナを、そしてルーチェを温かく濡らしていった。ジーナの身体は冷たくなっていくのに、彼女の血は温かいことが不思議だった。

リベルトが駆けつけ、ルーチェから母親を引き取る。何が起こったのか理解できず茫然とするルーチェを息子の腕の中でそっと見返し、あなたが無事でよかったと呟いて、ジーナは息を引き取った。突如、すべてを理解してジーナに取り縋った。どれだけ呼んでも応えず発狂したように泣き出した自分を見て、セストは言った。

『興が醒めた』

人を殺したいと思ったのは、それが初めてだった。

そんなことをしてはいけないと、理性が止める。だが感情は彼を殺したいと願ってしまう。

(あれから私は……どうなったの、かしら……?)

そのあとが、思い出せない。だがそこまで思い出しただけで、身体の震えは大きくなる。

「ルーチェ……！　駄目だ、やめろ。思い出さなくていい！」

震えに気づいたリベルトが身を乗り出し、強く抱き締めた。

「あなたを傷つけようとする者は、ここにはいない。もしやってきたとしても、俺がどんな手を使ってでも排除する。俺があなたを守る。だから安心してくれ」

「でも……でもリベルト、私の、私のせいでジーナさまが……!!」

「母上は後悔していない。あなたを守れてよかったと、きっと安心して笑っている。そういう人だ。だからあなたが気に病むことはない」

「でも……!!」

(あなたの大切な母親を、私が奪ってしまった)

どのような理由があっても、それは自分の罪だ。自分がセスト皇子に目をつけられなければ、悲劇は起こらなかった。

「私……私、どんな償いでもするわ！　あなたの大切なお母さまを奪ってしまった責任を……」

「そんな責任は感じなくていい。あなたは何も悪くない。罪を負うべき人間は、別にいる。あなたではない」

リベルトが必死に言い聞かせてくる。少し錯乱状態になりながら許しを請うルーチェの頭を胸に押しつけ、根気よく言い聞かせてくれる。

頼もしい広い肩口に顔を埋めさせられ、背中を優しく撫でられる。ぐずる子供を宥めるような仕草だったが、与えられる温もりと低い声が、だんだんと震えを止めてくれた。

完全に落ち着くまで、リベルトは抱き締めていてくれる。やがて大きく息を吐き、ルーチェは顔を上げた。

心配そうな瞳が目の前にある。ルーチェは安心させるために小さく笑った。

「……ありが、とう……もう、大丈夫よ……」

気持ちが落ち着くと、何だか急に気恥ずかしくなってくる。十年前は自分の方がリベルトを抱き締めて、なかなか甘えてくれない彼を励ましてきたというのに。

身を起こそうとすると、リベルトの腕に力が込められた。大して力を込めているようには見えないのに、身じろぎ程度しかできない。

「……リ、リベルト……？」

「あと、少しだけ……このままで」

耳元で吐息とともに請われる。妙にドキドキしてしまいながら小さく頷いた。

妙な胸の高まりを感じてしまうのは、リベルトがあまりにも変わりすぎたからだ。そうに決まっていると、なぜか自分に言い聞かせてしまう。

やがてリベルトが問いかけてきた。

「……母上が亡くなったあとのことは、覚えているか？　あなたに、薬を飲ませた者のことを」

彼の温もりのおかげで、心は乱れない。

ルーチェは小さく深呼吸しながら気持ちを落ち着かせ、記憶を探る。だが、ジーナの亡骸を抱いて泣き喚いたときと、葬儀に参加したときのことしか思い出せなかった。

「……ごめんなさい。思い出せないわ……」

「そうか。嫌なことを聞いて悪かった。もう思い出す必要はない」

目元に軽くくちづけて、リベルトが腕を解く。温もりが離れて、少し寂しい。

じっと見つめると、リベルトも同じように見返してくる。

「執務に……戻る」

そう言いながらもなかなか出ていかなかったが、しばらくすると名残惜しげに嘆息して、歩き出す。

ルーチェは慌てて問いかけた。

「私に薬を飲ませたのは、もしかしてセスト皇子……!?」

可能性として充分あり得る。皇族は一族の人以外を物のように扱うことも多かった。

あんなことをして興が醒めたと言ったセストだ。仕置き代わりにルーチェに薬を飲ませたのかもしれない。

「それはまだはっきりとはしていない。だが大丈夫だ。俺以外の皇族はすべて消えた」

「……消え、た……？　どういうこと……？」

（まさか……死……っ!?）

リベルトは答えず、改めて部屋を出ていこうとする。そして扉を閉める直前、肩越しに振り返り、ぽつりと言った。

「あなたが考えている通りだ」

扉が閉まる一瞬前、リベルトの端整で厳しい横顔が見える。深みのある緑の瞳は底光りしていて、ルーチェは背筋を震わせた。ぱたん、と小さく音を立てて、扉が閉まる。

（私が考えている通り……では、皇族をすべて……処刑した、ということ……？）

その決断を下したとき、リベルトは何を思っていたのだろうか。自分が薬を飲んで仮死状態になどならず傍に寄り添えていたら、別の手段を選んだのだろうか。

（ああ、私はどうして十年も眠り続けてしまったの）

一番辛いときに、リベルトの傍にいてやりたかった。

そもそもどうして、そんな薬を飲むことになったのか。自分に薬を飲ませたのは、誰だったのか。妙に気になってしまい記憶を探るが、疲労感が強くなるだけで何も思い出せない。

諦めて嘆息し、ベッドに横たわる。

枕に縫いつけられたサシェから白薔薇の香りがする。その香りが、ルーチェを優しい眠りに導き始めた。

【第二章　戸惑いの中、過保護すぎる日常】

目覚めるとエルダとイルダが身支度を整えてくれる。まだ入浴を許可できるほど体力が戻っていないとして、湯で濡らしたタオルで身体を清めてくれた。さすが双子と目を瞠ってしまうほど連携が取れていて、あっという間に身支度が整う。

コルセットなどの身体を締めつける下着は着けられない。肌触りのいい絹で仕立てられたシンプルなデザインのドレスを着せられる。袖口や襟元のレース、控えめに縫いつけられた飾りビーズなど、かなり高価なものだと見ればわかった。

目覚めてから一週間が経った。その間の世話は双子が細かいところまでしてくれて、非常に快適だ。これほど快適な日々を過ごしていいのかと、少々不安になるくらいだ。

「今朝のお加減はいかがでしょう。もし体調に問題がなければ、サンルームに朝食を用意しました。天気もいいですし、風も気持ちがいい日なので」

イルダの言葉に心が浮き立つ。穏やかな明るい日差しをたっぷりと感じられるサンルームは、冬が長い帝国内では密かな贅沢だ。

ウキウキしながら部屋を出ていこうとして、慌てて双子に止められる。

「お待ちください。まだお身体が本調子ではありません。急に動かれたりしたら、立ちくらみを起こしてしまいます」

「……そ、そう……？　でも特に異常はないのだけれど……」

「アロルドさまのご許可が出るまでは、どうか我慢してくださいませ。お願いいたします」

二人揃って嘆願されると、とてもいけないことをしてしまったようで申し訳なくなり、しゅんっと肩を落としてしまう。

それではどうやってサンルームに行くつもりなのだろう。首を傾げたとき、扉がノックされ、微苦笑するリベルトが現れた。

「お前たち、ルーチェの大丈夫は絶対に信用するな。俺も母上とよく騙された」

「……リ、リベルト！　入ってくるなりその言い方はないと思うわ！」

反射的にムキになって反論してしまう。だがリベルトは実に楽しげな低い笑みを零しただけだ。

「……なぜ笑うの……!?」

「あなたが元気よく話してくれるのが嬉しいからだ。負担にならないのならば、もっと話してくれ。あなたの元気で明るい声を聞くと、嬉しい」

深く礼をする双子の前を通り過ぎながらの言葉に、思わず顔が赤くなってしまう。十年前のリベルトからはとても感じられなかった甘さが滲んでいて、どう反応したらいいのかわからない。

　あたふたしている間にリベルトが目の前に迫り、ふわりと抱き上げられた。急に目線が高くなり、彼の端整な顔が睫の本数を数えられそうなほど近くになって、息を詰める。

「普段通りに身体を動かすのはまだ駄目だ。アロルドがあなたの身体に合った施術内容を用意している。それに合わせて、ゆっくり回復していけばいい。サンルームへは俺が連れていく」

　言いながらリベルトが歩き出す。ハッと我に返り、ルーチェは慌てて言った。

「ちょ……ちょっと待って、あなたが潰れてしまうわ!!　私、あなたより重……っ」

「それは十年前のことだろう。今の俺にはあなたは軽すぎる。これからはもう少し太ってくれ。この軽さは……心配だ……」

　言われて改めてそのことに気づき納得するが、どうにも心が擽ったい。しっかりとした足取りで歩いていくリベルトは、自分を軽々と運べるほどの筋力を持っているのか。あまりにも昔と違いすぎて、戸惑ってしまう。

　サンルームに向かう途中には、回廊があった。そこからは小さな噴水が設けられた美しい花の庭が望める。

　芽吹きの季節に入っているのだと、咲き誇る白薔薇でわかった。リベルトの腕の中で思わず小さな歓声を上げる。

「綺麗……！」

「ああ、今は春の季節だ。この区画は白薔薇だが、別の区画にはあなたの好きな花を植えている。あとで案内しよう。育てたい花が他にあるなら言ってくれ。すぐに用意させる」

「これだけでも充分よ。ありがとう！」

リベルトが嬉しそうに目を細める。ドキリとして視線を逸らすと、整えられた庭の一角に丸天井の小さな建物が見えた。全面硝子張りの建物だが、ここからでは何なのかよくわからない。

「あれは？」

指差す方向を確認したリベルトが答えた。

「温室だ。あの中でも薔薇が育てられている。冬の季節を迎えても薔薇が育つよう、様々な設備がある」

そんな贅沢なものがここにはあるのかと、ルーチェは大きく目を瞠った。それどころか極寒の季節を迎えても薔薇が育つなど、どれだけの技術があの小さな建物に集まっているのだろう。

「……すごいわ……もうそれしか言えないわ……」

素直すぎる感想にリベルトが喉の奥で小さく笑った。子供のような反応だったかもしれな

いと気恥ずかしくなったが、彼の笑顔を見るとホッとする。それは、自分がよく知る彼の笑い方と同じだからだ。

「あなたは昔から薔薇が好きね。特に白薔薇。私も好きだけれど、あなたは私以上よね」

「それは……」

リベルトがふと口を噤む。待ってみるが、難しい顔をするだけだ。

気まずくなりそうで慌てて話題を変えようとするが、それより早く、リベルトが真面目な顔で言った。

「白薔薇はあなたによく似合うから……好き、だ……」

(ど、どういう意味……!?)

どういう反応をすればいいかわからず頰を赤く染めて、目を伏せる。

サンルームに到着すると、待っていたエルダが引いてくれた椅子に下ろされた。明るい日差しがたっぷりと入り込んでくる室内にある丸テーブルには、二人分の朝食が用意されている。

真っ白なテーブルクロス、白薔薇が生けられた品のあるデザインの花瓶、曇り一つないカトラリー、陽光を弾く優美なデザインのグラス、白い陶磁の皿——皿には昨夜と同じ野菜を煮詰めて作ったペースト状の料理が載っている。

本当ならばこのテーブルにはところ狭しと豪華な朝食の品々が用意されるべきだろう。だが隣に座ったリベルトの皿も、ルーチェと同じものだった。

エルダがグラスに琥珀色の液体を注いでくれる。ふんわりと香ったのは、林檎だ。濁りが一切ない林檎果汁は、それなりに高価な飲み物だった。

「アロルドが果汁を飲んでもいいだろうと言っていたから用意させた。だが少しでも腹に負担を覚えるようだったらやめるんだ」

心配しすぎのような気がしないでもなかったが、目覚めたばかりの頃の自分の身体の状態を思い返せば彼の言うことをきちんと聞いた方がいい。頷いてグラスを取ろうとすると、それよりも早くリベルトが取り上げ、中身を口に含む。

まさか、と思うと同時に長い指が顎に絡み、軽く上向かせてくちづけてきた。

リベルトの唇が優しく動いてルーチェの唇を開かせ、果汁を口移ししてくる。甘酸っぱい林檎の香りと味が口中に広がり、反射的に飲み下した。

唇の端から零れた雫をリベルトが尖らせた舌先でペロリと舐め取ったあと、何事もなかったかのようにスプーンで皿の中身をすくう。

これまでと変わらない。だが、もうベッドの中での食事ではないのだ。

「……ま、待って……待って、リベルト。私、もう自分で食べられるわ……！」

「まだしばらくは俺が食べさせる。身体の求めに合わせて急にたくさん食べて、内臓に負担をかけては駄目だとアロルドも言っていた。頼むから言うことを聞いてくれ」

リベルトはとても真剣な表情で、下心など一切感じられない。本当にルーチェの身体のことを気遣ってくれているのだとわかる。

だが医療行為だとしても、こちらは気恥ずかしくてたまらない。

「……で、でも……これは、くちづけと同じ……よ……？」

リベルトがふと、無表情になった。何を考えているのかさっぱり読み取れない厳しいそれで、彼は言う。

「あなたは、俺にくちづけされるのは……嫌、か……？」

ルーチェは目を伏せ、果汁で濡れた唇を指先で拭った。ここに触れたリベルトの唇は思った以上に柔らかく、滑らかで、舌先で優しく舐められると擽ったくて——気持ちよかった。

だが同時に、胸の奥に不思議なざわめきも覚える。もっとして欲しいと——何をして欲しいのかもよくわからないまま、求める気持ちが生まれてくるのだ。

「……ルーチェ……」

リベルトの手が、頰を優しく撫でてきた。記憶の中のものよりもずっと大きく、骨張っていて、固くて——頼もしい。

「嫌でないのならば、させてくれ。あなたが俺から与えられるものを懸命に食したり、飲んだりするのを見ていると、とても安心する。……頼む……」

心配してくれているだけなのに、何だか淫らな気持ちを抱いてしまっていることが居たたまれない。だが真摯な態度には、同じだけ誠意を持って応えるべきだとも思う。

ルーチェは顔を赤くしながら言った。

「嫌……では、ないわ。でも恥ずかしい……エルダも、いるし……」

名を呼ばれてエルダが視線を上げるが、柔らかな微笑を浮かべるだけだ。それが「大丈夫です。私は気になりません」と言っているように見えて、さらに恥ずかしくなる。

リベルトが微苦笑した。

「気にしているのは、あなただけのようだ」

ううっ、と泣きたいような気持ちになりながらも、仕方なく了承する。

（……何だか悔しいわ。私ばかりがリベルトを意識しているみたいで……！）

昔は違った。ふざけて抱きついて、リベルトが顔を赤くする様子をジーナとともに微笑ましく見守っていたのに。

ジーナのことを思い出すと、胸が痛んだ。リベルトは罪悪感を抱かないでいいと言ってくれたが、彼女が喪われることになった直接の原因は、自分だ。リベルトが願うのならば、彼の言うことは全部聞こう。

この食事の仕方も、そう思えば変に意識しなくて済む。

それが、せめてもの贖罪だ。今はそんな償いしかできないことが、哀しい。

「どうした？　どこか気分が悪いか？」

リベルトの心配げな声にハッとし、慌てて首を横に振る。彼にこれ以上余計な心労をかけないよう、ルーチェは元気よく口を開いた。

リベルトは食べさせながら合間にルーチェと同じ食事をとった。自分と同じ食事では力が湧いてこないのではないかと問いかけると、一緒の食事がしたいと返されてしまう。

「十年前は、粗末な食事でも三人で同じものを食べていただろう？　母上とあなたが、時折俺に食事を分けてくれたりした。だから、あなたと同じものを食べたい」

どこか懐かしげな顔でリベルトが言う。胸がきゅっと締めつけられた。

「十年間、食事は一人でしていたの？　ちゃんと食べていた？　忙しいからといって食べないなんてこと、していないわよね？」

思わず矢継ぎ早に問いかけてしまう。リベルトが軽く目を見開き、嬉しそうに笑った。

「ちゃんと食べていた。俺が倒れたら、あなたを守れる者はいなくなってしまう。あなたがこれからの生を幸せに過ごすためにも、俺は死んだりしないから安心してくれ」

（私の、これからの人生……）

何とも言えない複雑な気持ちになる。今の言葉を聞くと、リベルトの努力と犠牲の上に自分の幸せがあるように思えた。

昨夜よりは一口分、多く食事できたことを、リベルトはとても喜んでくれた。食事を終えると再び抱き上げられ、自分の住まう場所を案内される。

どうしてまた抱き運ばれるのかと慌てれば、身体が本調子になるまではと、食事のときと同じ理由を返されてしまった。強く反論もできず、結局されるがままになる。

皇城の敷地内ではあるものの、その中で一番日当たりのいいところに離宮を作ったという。敷地の簡単な地図を見せられながら教えてもらったが、確かに十年前はなかった建物だった。

高い塀と、リベルト自らが選出した護衛によって守られているという。リベルトが許可した者しか塀の中に入ることはできない。今、許しを得ているのはエルダとイルダ、そしてルーチェの主治医となるアロルドだった。

離宮の中には先ほどの花の庭だけでなく、いくつもの噴水と小さな小川すら再現している水辺の庭、天井まで届く巨大な書棚で埋め尽くされ様々な分野の本が溢れるほどにある図書室、地下に設置された小さな劇場、さらにルーチェの健康のために運動できる場所として馬場も用意してあった。欲しいものがあれば双子に言えば、すぐに用意してくれるという。

至れり尽くせりの環境に、自室に戻ってきたときにはもう言葉が出なかった。自国ですらこんな豪勢な暮らしをしたことはない。

リベルトはルーチェをベッドに運び終えると、一度皇城へと戻っていった。ルーチェは思わず双子に言う。

「贅沢すぎて……いいのかしら。だってここには、私しか生活していないのでしょう？」

「私たちも使用人部屋で生活していますから、ルーチェさまお一人ではありません。アロルドさまも時折泊まられますし、陛下のお部屋も用意されています」

　イルダの明るい声にルーチェは身震いする。

「そういうことではなくて……っ」

「私は、陛下がルーチェさまのために用意されたこれらを贅沢などとは一切思いません。いつか目覚めるルーチェさまが、今後快適な暮らしをされることを願って準備してきたことです。これは、陛下のルーチェさまへの愛ですわ」

（――愛）

　その言葉に、ドキリとする。

　皇帝になったリベルトは、仮死状態の自分をずっと皇妃として扱っていてくれたという。婚約したとき自分たちは男女の関係ではなく、家族として過ごしていた。その愛を今も続けてくれている。

（でも、家族の愛のままで……いいのかしら……？）

　皇帝ともなれば、跡継ぎ問題がある。イルダたちから聞く分には、愛妾や愛人など、自分以外の女の気配はリベルトにはないという。ルーチェも、その気配を感じない。

　だが自分に家族の愛しか感じないのならば、リベルトは皇妃に相応しい相手を迎えるべきではないだろうか。

（……リベルトが……私ではない誰かを隣に……）

皇帝の正装を身に纏ったリベルトは、とても凛々しく美しい姿をしているだろう。錫杖を持っていない方の手で導かれる皇妃は——自分ではなく、見たこともない誰か、だ。その様子を想像すると、何だか胸が痛くなる。

リベルトが知らない誰かと愛を交わし合い、幸せになるのならばそれでいいはずだ。ジーナがいない今、自分が母代わりとして、姉代わりとして、彼が幸せになるよう尽力すればいい。なのにどうしてこれほどに胸に痛みを覚えるのだろう。

答えを見つけてはいけない。本能的に悟り、その疑問に蓋をした。

朝起きると身体を拭き清められ、着替える。その頃にはリベルトが離宮にやってきていて、朝食が用意されている部屋へルーチェを抱き運ぶ。

午前中をどう過ごすのかを確認したあとその場所に抱き運び、リベルトは皇城に戻る。昼食時も同じようにやってきて、午後を過ごす場所に抱き運ぶ。夕食時も同じだ。

身体が強張っているような違和感はまだ完全に消えてはいないものの、歩けないほどでもなくなった。主治医のアロルドの診察は目覚めてから毎日午後一番に行われ、身体を動かしやすくなるような体操などを教えてくれる。離宮の中で生活するだけならば、もう一切問題はない。

「私はもう大丈夫よ。執務の方をどうか優先して」

皇帝ならば、執務の量もそれなりだろう。どのような仕事をしているのかぼんやりと想像することしかできないが、自分のために時間を割いてもらうのはおかしい。

「俺はあなたの大丈夫は信用しない。それを信じて、熱が上がったり、具合が悪くなったりしたのを知っている。俺がいない間に動くとしても、必要最低限にしてくれ」

リベルトはアロルドの診断以外、信用するつもりはないようだ。だが、これ以上負担にならないように、頑張りたい。だから翌日診察に来たアロルドに、元通りの身体に戻るためできることはないかと尋ねてみる。

「無理をするのが一番いけません。焦らなくても大丈夫ですよ。陛下もゆっくり養生して欲しいと仰(おっしゃ)っておりました」

「でも……このままではリベルトに負担をかけてしまっていると思います。皇帝という立場なのに、こんなに私のところに足しげく通っていても大丈夫なのでしょうか。私のせいで執務が滞ったりしていたら……」

「大丈夫です。陛下にはこの十年で、ともにこの国を正しき道へと導くために協力してくれる仲間ができました。陛下がこちらにいらっしゃるときは、彼らが陛下の指示の下、政務に励んでおります。ですから気にされることはございません。陛下はルーチェさまのお顔を見ることを何よりの楽しみにされております」

穏やかで優しい笑顔と声で、アロルドは言う。信頼関係の深さを感じた。

「あの……アロルド先生は、リベルトと知り合って長いのですか？」

「そうですね。陛下が幼い頃から、色々とお手伝いさせていただいています」

そんなに昔からの関係だったのか。ルーチェは、アロルドのことをまったく知らなかった。どういう関係なのだろう。そう思うと同時に、不思議な焦燥感もやってくる。

ジーナとともに家族のように一緒にいたが、それでも知らないことがある。なぜだかそれがとても──寂しい。

自分が知らない十年分のリベルトのことを、彼はよく知っているのかもしれない。元々口数の少ないリベルトに、この十年のことを時折尋ねたりするのだが、あたりさわりのない話しか聞けないのだ。

（私が傍で見ることのできなかったリベルトの十年を、もっと知りたい……）

──自分の知らないリベルトがいる。十年の空白を数日で埋めることなど不可能だとわかっている。それなのにどうしてこんなに寂しく、切なく思うのだろう。

一緒に夕食を終え、他愛もない話をしながら食後の茶を楽しむ。目覚めてから口にする食事のすべてに配慮がなされているが、夕食後の茶は入眠しやすいようにか、いつも心安らぐ香りがする。

目覚めたばかりの頃は、食事を終えるとすぐにベッドに運ばれてしまっていた。最近は食堂から居間に場所を移して、リベルトと話をする時間が持てている。

話すのはもっぱらルーチェだ。その日、何をしたのか双子とどんな会話をしたのか、あるいは自分が知らない十年間の出来事を教えてもらったりする。元々口数が少ないリベルトはルーチェの質問に答えるという形だった。

居間にはソファもあるが、リベルトはふかふかのラグに直に座り、膝の間にルーチェを座らせて胸にもたれかかる体勢を好む。芽吹きの季節とはいえ夜の冷え込みを侮ってはいけないと、膝掛けで下半身を包み、上半身は自分の温もりを分け与えるのだ。

確かに、ソファに座るよりもすっぽりと包み込まれる安心感と温もりが心地よい。こちらが身じろぎをすればリベルトも動き、わずかな不快感も与えないよう絶妙に位置を変えてくれる。

ガスペリ帝国皇帝をソファ代わりにしていいのかと苦笑しながら言えば、リベルトは真面目な顔で、まだ身体が本調子ではないのだからと言い返してくる。大事にしてもらえているのがわかるからこそ、気恥ずかしく思うものの突っぱねることができない。

それに身体を支えるためにふんわりと抱き締めてくれる腕が、心地いいのだ。そして自分を抱き締めることで、彼も何だか心地よさげに見える。ならば彼の好きにさせてやりたい。

彼の心のよりどころであったジーナを奪った原因は、自分にある。気恥ずかしい程度の気持ちで拒むのは、申し訳ない。……そう思って、ハッとする。

（……私、何を言い訳して……）

「アロルドが言っていたが、入浴が許可されたと」

耳元で低い声で囁（ささや）かれ、思わず小さく震えると、すぐに気づいたリベルトが、向かい合うようにこちらを向かせた。

「熱を診る」

「だ、大丈夫よ！」

こちらの言葉を聞かず、端整な顔が近づき、額が重なった。あとほんの少し近づかれたら、くちづけも可能な距離だ。

（綺麗な、唇……）

薄くて理知的で、いつもは誰にも心を開かないと宣言するかのように真一文字に引き結ばれている唇だ。だが、ルーチェの前では控えめな微笑を浮かべることが多い。それを見ると、とても嬉しくなるのだ。

（あの唇が、私に触れて）

口移しで水や果汁を与えられたときのことを思い出してしまい、耳まで赤くなる。

「熱はないな。よかった……さっきの大丈夫は信用してよさそうだ」

声に少し意地悪な響きが含まれている。軽く睨むと、リベルトが薄く微笑した。その微笑がなぜかとても魅力的に見えてしまい、ドキドキする。

思わず目を逸らしてしまったとき、イルダが入浴の準備が整ったことを教えてくれた。

リベルトがすぐさまルーチェを抱き上げ、浴室へと運ぶ。浴室にはエルダが待っていて、湯の温度を指先で確かめていた。

タイル床に下ろされたルーチェにイルダが近づき、ドレスを脱がせ始める。まだリベルトがいるのに！　と慌てるが、彼はエルダによって服を脱がされていた。

思わず両手で顔を覆い、叫ぶ。

「ど、どうしてあなたまで脱いでいるの！」

「まだあなたの身体は本調子ではないからだ。例えば……そうだな。よろめいたりしても、双子では支えられるか心許ない」

全裸になったリベルトが近づき、イルダの代わりにドレスを脱がしていく。

よすぎる手際にあわあわしていると、あっという間に一糸纏わぬ姿になっていた。声にならない悲鳴を上げ、何か身体を隠すものが欲しくて――反射的にリベルトに真正面から抱きつく。

「……や……駄目……、見ない、で……」

リベルトが小さく息を呑んで、身を強張らせる。そして羞恥で小さく震える身体を、片腕で包み込んだ。

「わかった。できるだけ見ないようにする」

「……お、お願い……っ」

「ああ。……だが、すごく……綺麗だ……」

小さな呟きはほとんど独白で、だからこそさらに気恥ずかしくなって身を縮めてしまう。

リベルトはルーチェを改めて抱き上げ、猫脚のバスタブの中にそっと座らせた。

ぬるめの湯には入浴剤が溶け込んでいて、白く濁(にご)っている。すでに石鹸(せっけん)も溶け込んでいるようで、ぬめりがあった。

目覚めてから初めての入浴に自然と身体が喜び、ホッと息が零れる。リベルトは背後に回り、開いた膝の間にルーチェを引き寄せた。

「……っ」

裸の背中にリベルトの引き締まった胸と腹部が当たり、小さく息を呑む。リベルトの両手が頭に触れ、優しく撫でた。

「髪を洗おう。目を閉じて、少し俯(うつむ)いてくれ」

慌てて言う通りにすると、双子が代わる代わる水差しで髪を濡らしてくれた。リベルトが洗髪用の石鹸を泡立て、丁寧に優しく、頭皮をもみほぐすように洗ってくれる。

気づかなかった凝(こ)りがほぐれていき、とても気持ちいい。リベルトは痒(かゆ)いところや揉(も)まれて気持ちいいところを尋ね、そこを丁寧に丹念に洗ってくれる。

洗髪が終わってタオルで軽く水気を取ってもらった頃には羞恥よりも気持ちよさの方が勝り、彼の胸に身を委ねてしまっていた。

「逆上せていないか。いや、ぬるすぎて冷えていないか？」

「……大丈夫。とても……気持ちいいわ……」

知らずうっとりとした声で答えている。双子が一礼し、一旦退室した。

リベルトが湯を掌にすくい取り、肩にかけてくれる。少しとろみのある湯が肌を滑り落ちていく感触が、不思議と気持ちいい。

「……身体を、洗うぞ」

石鹸が溶け込んだ湯をかけながら、リベルトの両手が肌を優しく撫で始めた。大きな掌に少し緊張するが、嫌悪感はない。

リベルトは首筋、背中、腕、肩と洗ってくれる。その動きは、気遣うというよりは壊れ物を扱うかのように恐る恐るといった感じもした。

「触られて嫌なところがあったら……言ってくれ」

耳元に落ちてくる声は、少し掠れている。耳に呼気が触れるとゾクゾクして、小さく身震いした。

嫌なところなんて一つもない。それどころかリベルトの大きな掌に撫でられると気持ちがいい。そう素直に答えてしまいそうになり慌てて言う。

「……わ、私たちは家族だもの！　家族に触れられて嫌なことなんてないわ」

リベルトが沈黙した。

纏う空気が少し硬質になったように思え、ルーチェも沈黙する。背を向けているために顔を見ることができないが、気まずい。

怒らせるようなことを言っただろうか。すぐには思いつかない。

「――ルーチェ」

耳にくちづけられそうなほど近くで低く呼びかけながら、リベルトがルーチェの身体を力強く反転させ、彼と向き合う形にされた。逆上せないように元々バスタブに湯は半分程度までしか入っていなかったため、互いに胸元から上が見えてしまう。

身長差があるため、リベルトの方は鍛えられた胸を全部見ることができた。ぬるめの湯でも身体が温まっているためか、目元がほんのり赤い。少し汗ばんでもいて、湯気で湿った肌と夕焼け色の髪が妙に艶(つや)っぽく、ドキドキする。

反射的に目を逸らすと、視線はリベルトの二の腕に落ちた。鍛錬していることがわかる、引き締まった力強い腕だ。

乳房の上部が湯面から出ていることに気づき、慌てて両腕で隠そうとする。だがそれよりも早くリベルトがルーチェの右手を取り、湯の中に引き入れた。

「俺はもう、十五歳の子供ではない。あなたより年上になった。もう二十五だ。……大人の、男に、なった」

引かれた手に、固いものが触れた。ビクッ、と身を震わせて見返すと、リベルトが強引に握らせる。

長く太く、少し固い。だが表面は滑らかだ。何なのかはわからないのに、不思議とドキドキしてしまう。

（な、に……何、これ……っ）

形を確かめるために指を動かすと、リベルトがじっとこちらを見つめたまま、は……っ、と小さく息を吐いた。妙に男の色気を含んだ艶めいた吐息だった。

リベルトがルーチェの手首を摑んだまま、動かす。掌が皮膚を擦り、先端に辿り着いた。丸みがあって、括れがある。何なの、と少し怯え、本能的に涙目になってしまいながら瞳で問いかける。

睫が触れ合いそうなほど近くに、リベルトの緑の瞳があった。どこか凶暴さすら感じる熱が奥に見え隠れしていて、息を呑む。目を逸らさなければ、と頭の奥で警鐘が鳴っているのに、できない。

「男根、だ。子供のものとは違うと、わかる、だろう……？」

そんなことを言われても、子供のものだって見たこともなければ触ったこともない。

ルーチェは泣きそうになりながら、手を引こうとする。だがリベルトはまったく力を緩めない。

彼を怒らせてしまったのだと、よくわかった。理由はわからないがとにかく謝らなければと、ルーチェは震える声を押し出す。

「……ごめ……なさい、リベルト……わた、し……」

その先をどう続けようとしたのか、自分でもよくわからない。リベルトが掴んだ手首をさらに自分の方に引き寄せた。

ぱしゃんっ、と湯を揺らしながら、リベルトの胸に倒れ込む。素肌の感触に驚いて慌てて顔を上げた直後――くちづけられていた。

形が綺麗だなと思っていた唇が、自分の唇にぶつかるように押しつけられる。

睫が思った以上に長い。精悍な頬と鼻筋に、見惚れてしまう。

（知っている――知らない、男の、人）

「……っ！」

弾かれたように身を離そうとするが、それより早くリベルトの左手が後頭部に回り、後ろ髪を握り締めるようにしながら押さえつけた。自然と上向くように固定されてしまい、くちづけから逃げられない。

唇は押しつけられるだけではなく、啄み、擦り合わせられた。次に舌先で味わうように舐められる。初めての感触に衝撃を受け、身が強張った。

（な……に、これ……何……っ⁉）

「……ルー……チェ……っ」

一瞬だけ唇が離れ、掠れた低い声で名を呼ばれた。その呼び声に肌が粟立つような感覚を覚えた直後には再び唇を塞がれ、貪られている。

「……ん……んぅ……っ！」

搦め捕られた舌を引き出され、甘噛みされ、舌の裏まで舐められる。かと思えば強く吸われ、リベルトの口中に引き入れられて味わわれる。

気づけば唾液が溢れて混じり合い、リベルトが飲み込んだ。ルーチェも自然と喉を鳴らして飲み下してしまう。

熱い。

「……ん……んぅ……はぁ……っ」

散々唇と舌を貪られ、息苦しさのせいで力が抜け、ぐったりしてしまう。リベルトも息を乱しながら、ようやく唇を離してくれた。

大きく口を開けて空気を求める。はあはあと胸を上下させて呼吸していると、また唇を貪られた。

「……あ……んぅ……も、駄目……んんっ」

　このままでは窒息してしまうのではないか。本能的な怯えを感じ、リベルトの胸を両手で押す。

　力がほとんど入っていない抵抗は、何の効果もない。リベルトは苛立(いらだ)たしげに呻(うめ)き、くちづけを深く、激しくしてきた。

「……ん……んっ、ん……っ」

「駄目……なのは、俺の方、だ……っ！」

　くちづけで息を乱しながら後頭部を摑んでさらに強く上向かせ、熱い瞳でじっと見下ろしながら言う。

「ん……んんー……っ！」

　自分の唾液を流し込むようなくちづけを与えられる。頭がぼうっとし、されるがままになるしかなく――やがて、リベルトの右手が乳房に触れた。

「……っ！」

　熱く大きな掌が左の乳房を握り締めるように包み込む。驚いて、身を捩(よじ)る。リベルトも驚いたのか一瞬動きを止め、唇を離した。

　互いに息を乱しながら、上唇をかすかに触れ合わせる至近距離で見つめ合う。緑の瞳は情欲に熱く濡れ、怖いくらいだ。だがその恐怖は甘く、肌をざわめかせるものだった。

　無言のまま食い入るようにこちらを見つめ、リベルトが胸を揉み込み始めた。優しく丸く、反応を窺うように。

「……あ……あ」

大きな掌が頂を擦るように動くと、不思議と気持ちがいい。身体が熱くなり、腰の奥に疼きを覚えて身を捩る。

「……や……駄目、よ……そこ……触らない、で……」

揉みしだかれるごとに生まれる疼きは強くなり、全身へ広がっていく。

この感覚に飲み込まれてはいけないと、理性が告げていた。だからどうしても逃げ腰になる。

本当はもっと触って欲しいなどと思ったことは決して——認めては、いけない。

(だって私は、ジーナさまを)

「……逃げないで、くれ……っ」

唸るように言われたときには、バスタブの端に追い詰められていた。

リベルトが膝立ちになって身を寄せてくる。鍛えた身体とバスタブに挟まれて身動きが取れなくなっただけではなく、彼の腰が膝の間に入り込んできた。

「……あ……あぁ……っ！」

両手で、乳房をもぎ取られるのかと思うほどに激しく揉みしだかれる。バスタブの縁に首を乗せて仰け反れば、喉元に唇を押しつけられ、強く吸われたり舐められた。

「……ルーチェ、ルーチェ……ああ、ルーチェ……っ」

熱に浮かされたような熱い声で名を呼ばれるだけでも、身体が疼いた。

耳の裏や耳朶、肩口、鎖骨にくちづけを与えられながら、乳房を捏ね回される。そして下腹部に――臍の下辺りに向かって、ずりずりと固く熱いものが擦りつけられた。

それが何なのか、何となく悟る。不思議と滑らかで、熱く濡れた太い棒状のそれは――先ほど、掌で触れさせられたもので間違いないだろう。

「……リ、リベル、ト……っ」

まさかそんな、と、瞠った瞳で彼を見返す。

淡い涙が浮かび、それが粒となって目尻から滑り落ちた。リベルトがは……っ、と我に返り、目を閉じた。

何かに耐えるようにきつく眉根を寄せ、大きく息を吐き出す。吐ききると身を離し、湯気で湿った前髪を乱暴に掻き上げた。

湯で濡れた腕や胸の筋肉の動きがよくわかって、ドキリとする。慌てて俯くと、リベルトが低く言った。

「……すまない。理性が、飛んだ……」

そんなふうにさせてしまうほど、彼を怒らせてしまっていたのか。理由がよくわからなくても申し訳なくなり、身を縮める。

「あなたに断りもなく、俺が思うままに触れたのはいけないことだ。すまない」

きゅっ、と胸の奥が締めつけられるような感覚がやってくる。なぜ、急に距離を取られたような寂しさを覚えるのだろう。

上手く理由付けができないまま、とりあえず首を横に振る。

「私も……ごめんなさい。そんなに怒るとは思わなくて……」

俯いたままでいるため、リベルトがどんな顔をしているのかわからない。

だが、お互いにこうして謝ったのだ。ひとまずはこれでいつも通りになるはずだ。

「怒る……？」

リベルトの呟きに、ルーチェは顔を上げる。緑の瞳が怖いくらい真剣だ。

「……リ、リベルト……？」

「十年経った。俺はもう二十五だと言ったはずだ。子供ではなく、大人になった。それを、理解して欲しい。昔の俺を今の俺に重ねるのはやめてくれ」

何か言葉を求めているわけではないらしく、リベルトは呼び鈴を鳴らして双子を呼び寄せる。新しい湯の入った水差しを持ってこさせ、全身についた泡を流してくれた。

双子がバスタオルで身体を拭いてくれ、ガウンを着せられる。同じようにガウンを着たリベルトによって寝室に運ばれた。

「今夜は泊まっていく。何かあったらすぐに呼んでくれ。おやすみ、ルーチェ」

濡れ髪を一房手に取って、毛先に優しくくちづけてからリベルトは部屋を出ていった。すぐに双子に寝間着に着替えさせられ、髪を乾かされ、身体が冷えないようにとベッドに潜(もぐ)り込まされた。

枕元のランプの灯(あか)りを吹き消されると、室内は扉近くの床に置かれた小さな灯りだけになった。双子が一礼して退室する。

しん……っ、と静まり返った一人きりの寝室で、ルーチェは目を閉じた。まだ入眠できそうにない。

（だって……身体が、熱い……）

自然と指先が唇をなぞっている。先ほど貪られた唇は、まだ熱を持っていた。

腕の力が強く、身を捩っても抜け出せなかった。何度も角度を変えて与えられたくちづけは、熱くて激しくて――クラクラするほど、気持ちよかった。

挨拶(あいさつ)のそれとはまったく違う。襲われそうになったときに肌に与えられたものとも、まったく違った。

記憶の中に残っている少年のリベルトに、あんな強引さはなかった。逃げようとしても力尽くで押さえつけられ、己の欲望のままに身体のすべてを貪ろうとする男の顔は、なかった。

彼が我に返ってくれなかったら、あのまま抱かれていたのだろうか。セストに求められたときはとにかく恐ろしいとしか思わなかったのに、相手がリベルトだと驚いたものの、嫌悪感はなかった。

（もしもあのまま……抱かれていた、ら……）

身体の一番奥が、じゅんっ、と熱く潤んだような気がした。ひどく淫らな気持ちになってしまったように思え、慌てて首を横に振る。

（違うわ。あれは私に、昔とは違うことを教えるためで……!!）

――ふと、心が冷める。

（そうよね。私は仮死状態だったから時間が止まってしまっているけれど、十年が経っているのは確かなこと……。二十五歳の男の人になったリベルトに、いつまでも弟扱いは失礼よね。だとすると、リベルトは私のお兄さまになるの……？）

何かそれは嫌だ。自分で導き出した考えなのに、不機嫌になってしまう。

（……とりあえず、今夜はもう眠ろう。深く考えると、疲れてしまうわ……）

入浴して温まった身体は、ようやく睡魔を連れてきてくれたようだ。小さな欠伸をし、目を閉じて睡魔に意識を委ねる。

あんなことがあったからだろうか。まるでリベルトに抱き締められているような温もりが全身に感じられる。ドキドキして、少し息苦しくて――けれど、とても安心して心地よい感覚だった。

リベルトはルーチェの部屋を出て廊下を歩き、最初の角を曲がった。直後、足を止め、壁に向き直る。無言のまま頭を軽く後ろに倒したあと——額を壁に打ちつけた。

ごんっ!!　と結構な音とともに頭部全体に痛みが広がっていくが、構わない。額をそのまま壁に押しつけて、俯く。

(……俺は、最低だ。あれではクズ男たちと何も変わらん……!!)

入浴の手伝いをしたことに、疚(やま)しい気持ちなど一切なかった。まだ本調子ではないルーチェが滑って転んだり、湯にあてられて調子を崩したりしないかと、そのことだけが心配だった。だが身体を洗い始めたときに、選択を間違えたと気づいた。

肌を撫で洗いすると、触れられることに緊張して身を強張らせたり、擽ったいのか震えたりするのだ。湯のせいだけではない温もりが、彼女の肌に宿っていくのを実感した。

(反応が、ある)

死の眠りについていたときのルーチェは、命の営みがすべて止められていたために、身体は冷たかった。手を両手で包み込み、擦っても、温もりは戻らなかった。呼吸もなく、青白い肌はまさに死人のようで、様子を確認するたび何度も、いずれ目覚めるのだと言い聞かせなければならないほどだった。

当然のことながら、呼びかけても声が返ることはなかった。それがたまらなく辛(つら)く、不安だった。もう何もかも捨てて、ルーチェの隣で同じ眠りにつきたいとすら思った。この世界で自分が守りたいものは、もう彼女しかいなかったから。

頭がおかしくなりそうになった時期もあった。それでも理性を保っていられたのは、目覚めたあとの世界が、彼女を再び傷つけるものであってはいけないという目標を持っていたからだろう。

目覚めたルーチェは自分の意思で動き、考え、話し、笑う。十五歳から一足飛びで二十五歳になった自分の姿に驚き、戸惑い、昔と変わらないところを見つけると、どこかホッとしたように微笑む。反応があるということが、いつも胸を震わせた。

ルーチェが生きているのだと、教えてくれる。

だが人の欲望というものは、際限がないのだとも教えてくれた。幸せに生きてくれるだけでいい——その願いは、嘘ではない。だが生きている彼女を傍に感じると、声を聞くだけでは足りなくなる。

(触れて、くちづけて、あの人のすべてを自分のものにしたい)

ルーチェの立場を確固たるものとするために、彼女は皇妃にしてある。それについて貴族たちからは様々な声が上がったが、断固たる反対する者は、元々自分の『敵』でもあった。

密偵を放ち、気づかれないと思っている悪事を暴き、罪に見合った罰を正当に与える。それだけだ。害虫駆除と何ら変わらない。先代と違うのは、その駆除行為が自分の利益に基づいたものではないということだ。根気はいるが、彼女のためならば苦でもない。

弱者を陥れのし上がり、力ある者にのみ特権が認められる――そんな腐敗した帝国は、民を苦しめ、ルーチェや母のように辛い思いをする者を増やす。彼女が幸せに笑って生きていくためには、害虫は駆除し続けなければ。

（それなのに俺が、そいつらと同じことをあの人にしたいと思っている）

弟扱い――子供扱いされたことで、静かな怒りが生まれたことは自覚している。もう子供ではなく、妻を娶り子がいてもおかしくないのだとわかってもらいたくて、ほんの少しだけ、自分の『男』の部分を教えようとした。

だが触れてしまったら、止まることができなかった。おそらく無自覚なのだろう甘い声、戸惑いながらも快感に素直に反応する無垢な身体、潤んだ瞳、愛撫に火照っていく肌――あのまま痛いほどに昂ぶった男根を彼女の熱く潤んだ場所に突き入れて、蕩けるような快感を一緒に味わいたかった。

ぎり……っ、と切れそうなほど強く唇を噛み締める。

（だが、あの人も俺と同じかどうかは……わからない……）

腐った者たちの中で生活していると、性行為は肉体の快感を覚えるためのものだと思ってしまう。だが母は言った。それは、愛する者と愛を確かめ合うためにするものだ、と。だからこそ、蕩けるほどの快感がやってくるのだ、と。

嘘ではないのだろう。皇帝になった自分に取り入ろうとして近づいてきた女たちに触れられると、怖気がした。そんな彼女たちと性行為などできるわけがなく、衛兵に丁重に自邸に送り届けさせた。

怖気は内臓を掻き回すような吐き気を連れてきて、そうしたときは大抵一晩中嘔吐する羽目になり——その礼も、令嬢の両親にはきっちりとしておいた。

だが、ルーチェは違う。一度意識してしまえば、肌に触れるだけで頭が溶けるような気持ちよさがやってくる。それは彼女を、一人の女性として愛しているからか。

家族と親族をあっという間に殺され、帝国側の建前のために辛うじて死を免れたルーチェは、連れてこられた先で物のように扱われた。哀しみも憎しみもあるだろう。それでも彼女は与えられた場所で、ささやかな幸せのかけらを見つけようと努力する。しなやかで、芯が強い。

儚げな容姿をしているのに、笑顔は明るく、強い。だからこそ母もルーチェを気に入り、自分の娘のように可愛がったのだ。そして自分も最初は姉のように慕い、思う以上に早く、一人の女性として意識した。

（大事な人だ。何ものにも代えがたい人だ。なのに俺は……！）

一番してはいけないことをしてしまった。

しかも最後は八つ当たりだ。なぜあんなふうに触れられたのか、まるで見当違いのことを思っているルーチェに放った叱責は、八つ当たり以外の何ものでもない。

彼女の性的に鈍感すぎるところが苛立たしく――たまらなく、愛おしい。『男』というものを自分がすべて教えたいという凶暴な欲望に飲み込まれそうになる。

抱かれる快感の何もかもを、あの無垢な身体に自分が教え込む。自分だけに縋り、乱れ、やがては自分がいなければどうしようもなくなるほどになればいい。そんな願いすら、抱くようになってきた。

罪悪感が全身を駆け巡る。リベルトは再び息を吸い込み、壁に額をもう一度打ちつけた。

【第三章　弟じゃない】

「十年経った。俺はもう二十五だと言ったはずだ。子供ではなく、大人になった。それを、理解して欲しい」――あのときのリベルトの言葉が心に残り、なかなか離れない。

あんな顔をさせてしまったのは、どうしてだろう。わからない。だが自分にできることは何なのか、頭が痛くなるほど考えて――とにかく今は、彼に心配をかけないように早く健体に戻ることが先決だと考えた。

アロルドの指導によって、身体もだいぶ元通りに動けるようになっている。躓(つまず)くことも、ほとんどなくなった。指先だけがまだ少し強張(こわば)って、上手く動かないときがあった。それを何とかしたいと相談すると、刺繍(ししゅう)を刺すことを勧められた。

それからハンカチに刺繍することを始めた。五枚目の図案に入ると指の違和感がずいぶんなくなり、俄然(がぜん)やる気が出てくる。数日、訓練を兼ねた刺繍に没頭した。

双子が心配して根を詰めすぎないようにと言ってくれたが、せっかく少しずつ感覚を取り戻し始めているのに休みたくはなかった。リベルトも見かねたらしく、昨日ついに刺繍道具を取り上げられてしまった。

（あともう少しなのに……）

もどかしさを内心で噛み締めながらベッドに入る。明日になれば道具は返してくれると言っていた。

翌朝、離宮に泊まったリベルトと朝食をとり、彼が皇城に出掛けるのを見送ってから自室に戻ると、勉強用の机の上に道具一式が戻っていた。ルーチェは気合いを入れてから針を手に取る。

夢中で針を動かしていると、突然、目眩がした。指を止め、軽く首を振る。何だろうと思った直後、視界が歪んだ。

立ちくらみのような感覚がやってきて、布を落としてしまう。身体が火照り、頭がぼうっとした。

夢中になっていたから気づけなかった。発熱している。

「……嘘……」

熱い息を吐いて、ひとまずベッドに向かおうとする。だが一度発熱を自覚してしまうと、体調の悪さは一気に全身に広がっていった。

足元がふらつき、膝をついてしまう。扉がノックされたのはそのときだった。

「ルーチェさま、ご要望の新しい糸をお持ちしました」

イルダの声に応えようと思うが、身体が重怠くて声は弱い。すぐに扉が開き、イルダがエルダとともに入ってきた。

「ルーチェさま‼」

双子が駆け寄り、ルーチェをベッドに運ぶ。すぐさまアロルドを呼び、容態を診てもらう。そうしながら双子が寝間着に着替えさせ、額を濡れタオルで冷やし、水を用意してくれた。

気分は少しよくなったが、身体が火照って怠い。自然と荒い呼吸が繰り返される。

アロルドが眉根を寄せ、深く嘆息した。

「頑張りすぎです。焦る気持ちはわかりますが、身体に負担をかけては駄目なのです。身体が驚いてしまっています。きちんと休息しなければ、元に戻ってしまいます」

緩く唇を噛み締める。彼の言う通りなのだろう。

頑張ればリベルトを安心させられると思っていた。だがそのせいで今、アロルドたちに心配をかけてしまった。これでは本末転倒だ。

小さく謝ると、アロルドはまるで父親のように微笑んでルーチェの頭を撫でてくれた。双子も優しく微笑んでくれる。

「今はどうかお休みください。すぐに熱を下げる薬を調合します」

アロルドが立ち上がり、イルダが手伝うために続く。エルダは傍に控えてくれた。

アロルドがイルダにこのことをリベルトに伝えるように指示している。それを聞き、慌てて止めた。

「リベルトには……黙っていて……」

二人が足を止め、振り返る。エルダの心配そうな視線を受け止めながら、耐えきれずに目を閉じた。休息を求める身体が眠りに落ちるのは、すぐだった。


冷たく心地よい感触が、頬を優しく拭ってくれる。それが目覚めを促し、ルーチェはゆっくりと目を開いた。

心配そうに顔を覗き込み、濡れタオルで額や頬を拭ってくれていたのはリベルトだった。目覚めたことに気づくと、ホッと安堵の息を吐く。

「大丈夫か」

黙っていてくれとお願いしたが、駄目だったらしい。リベルトに心配をかけてしまったことが申し訳なく、気まずかった。

何を言えばいいのかわからず、まだぼんやりとした瞳で彼を見返す。リベルトが安心させるように微笑みながら、額にかかった髪をそっと掻き分けてくれた。

「アロルドから聞いた。調子はどうだ?」

「……まだ少し、ぼうっとする、わ……」

リベルトが額をそっと押し当て熱を測り、眉根を寄せた。

「だいぶ下がったが、まだ熱があるな。何か飲んでくれ」

小さく頷くと、身を起こすのを手伝ってくれる。サイドテーブルにはミルクや白湯など、何種類かの飲み物が用意されていた。果汁を選ぶとグラスを渡される。

「一気に飲むな。言うことを聞いてくれないと、また口移しで飲ますぞ」

とんでもない脅しも付け加えられたが、熱でぼんやりとした頭ではあまりよく理解できない。受け取りながらルーチェは言う。

「口移しは気持ちいいのだけれど……変な気持ちになるから、駄目……」

リベルトの表情が、不自然に強張った。驚きと戸惑いがない交ぜになった表情が何だか可愛く見え、小さく笑ってしまう。

笑みを零しながら、グラスをゆっくりと傾ける。オレンジの果汁は熱を孕んだ身体にゆっくりと染み渡り、果汁の爽やかさが少しさっぱりした気分にしてくれた。

「美味しい。ありがとう」

リベルトが空になったグラスを受け取り、サイドテーブルに戻す。そして今度は一口分の琥珀色の液体が入った小さなグラスを差し出した。

「熱冷ましの薬だ。これを飲んでもう一眠りすれば熱も下がると、アロルドが言っていた」

受け取って唇に運ぼうとするが、何とも言えない強烈な匂いに顔を顰めてしまう。とてつもなく苦そうだ。

「……飲みたくないわ……すごい匂いだし、苦そうよ……」

「良薬は口に苦しと言う。効果があるということだ」

「……飲みたくない……」

熱のせいか、いつもならば口にしない我儘が零れてしまう。グラスを押し返すと、リベルトが宥めるように言った。

「駄目だ、飲んでくれ。熱で苦しむあなたは見たくない」

「でも、絶対苦いもの……。大丈夫よ、一晩眠れば……」

リベルトが小さく嘆息し、グラスを受け取って中身を呷った。顎を摑んで強引に上向かされ、そのままくちづけられる。

唇を押し開かれ、薬を流し込まれる。強烈な苦みと青臭い匂いを感じ、反射的にリベルトの胸を押し返す。だがびくともしない。

（リベルトの意地悪意地悪意地悪……！　こんな苦いの……飲ませ、て……！）

嚥下したのを確認しても、リベルトの唇は離れない。両手で頬を包み込まれ、舌先が口中を味わうようにゆっくりと動く。

舌を搦め捕ると引き出し、舐め合わせてきた。唾液が絡み混じり合って、薬の苦みが徐々に消えていく。残るのは身体が溶けてしまうような気持ちよさだ。

「う……んぅ、ん……っ」

息が苦しくなってきて、自ら口を開く。リベルトも息苦しそうなのに、離れるどころかさらに舌を口中に差し入れ、頬の内側や歯列の裏側まで味わってきた。

どれだけそうしていたのかわからない。熱冷ましを飲んだはずなのに、熱が下がるどころか上がっているような気がする。

「……は、あ……っ」

舌先を最後まで触れ合わせながら、ようやく唇が解放された。このままぐったりとベッドに倒れ込んでしまいそうだ。

リベルトがふと何かに気づいて、首筋を撫でた。くちづけで蕩けた身体は、触れられるとひどく感じてしまう。

「汗をかいているな。このまま寝ては冷える。着替えよう。あなたは何もしなくていい」

寝間着の肩紐に指をかけると、するりと滑り落とす。そのまま身体の脇を撫で下ろすように生地を引き下ろされると、胸の膨らみや腹部が露になった。

用意されていたタオルで背中の汗を拭い始める。気持ちがいい。

彼の温もりを感じると、ホッとする。そのまま身を委ねたくなる。

ルーチェは無言のままリベルトの胸にもたれ、目を閉じた。

「まだ眠るな。着替えてからでないと……」

「リベルトが温かいから……このままで大丈夫……」

もっと温かくなりたくて、胸にすり寄る。リベルトが身を強張らせた。

「……ルーチェ、そんなに無防備に近づくな。俺はもう昔のような子供ではないと……」

「そうね。今のリベルトは私をすっぽり包んでくれるくらい大きくて、安心する……」

リベルトが息を呑んだ。次に肩を摑んで向き直らせる。素肌が離れ、急に寒くなって身震いする。

リベルトがハッとし、そっと腕で囲んで抱き寄せた。広い胸に頬が押しつけられ、再び与えられた温もりにすり寄る。

リベルトが大きな手で背中を撫で下ろす。ゾクゾクと肌が粟立つような気持ちよさに、思わずうっとりと目を閉じる。

リベルトが耳元に唇を寄せ、低く囁いた。

「俺にこんなふうに触られて……嫌ではないんだな……？」

「……嫌じゃない、わ……とても、気持ちいい……」

（ああ、そうよ。私、あのときもそう思ったの）

リベルトに触られて、心地いいと——間違いなくそう思ったのだ。

「もっと、触って……」

リベルトが低く呻き、少し乱暴にベッドに押し倒された。驚くより早くリベルトが覆い被さってくると、温かくて心地よかった。ルーチェは無意識に両腕を伸ばし、彼の背中に回す。

昔とは違い、大きくて広い背中だ。包み込めず、不満だった。

だが、抱き枕よりも心地よい。身体の凹凸がぴったりと重なるような気がする。

足が絡まる。思った通りしっくりくる。リベルトの身体が強張ったように思えたが、すぐに両手が動き、身体を撫でてきた。どこか切迫さを感じる動きだ。

肩を、二の腕を、背中を撫でられる。腰から臀部の丸みを撫でながら、半端に脱がされたままだった寝間着を全部脱がせてくれた。恥丘(ちきゅう)を隠す薄く頼りない下着だけになったが、全身で彼の体温が感じられていい。

肌が触れ合うとこんなに気持ちいいのならば、リベルトも下着だけになって欲しい。少し甘えた声で頼むと、彼は躊躇(ためら)いながらも言う通りにしてくれた。

「ふふっ、やっぱりこうするといいわ。温かい……」

呟くと、リベルトが強く唇を引き結んで首筋に顔を埋めてくる。膝から太腿を撫で上げられ、そのまま腰の括(くび)れを両手で包み込まれた。

「……ああ。あなたも、温かい……」

何かに耐えるような低い声だ。それが耳を擽(くすぐ)り、小さく喘(あえ)ぐ。

「……あぁ……んっ」

リベルトの指が止まる。だがすぐに今度は後ろに回り、臀部をすりすりと撫で回してきた。

丸く撫でられて、とても気持ちがいい。

「どう……感じる……？」

「気持ち、いい……」

「……あぁ……俺も、だ。あなたに触れていると……ルー、チェ……っ！」

唸るように名を呼んだ直後、リベルトが息も止まるほど激しくくちづけてきた。

突然のくちづけに目を見開くが、すぐに意識が蕩けてしまう。リベルトのくちづけには、不思議な効力でもあるのだろうか——そんなことを、頭の隅で思ってしまう。

舌を絡め合う淫らな水音が、かすかに耳に届いた。恥ずかしくて顔が赤くなるが、この気持ちよさを手放したくはない。

「……ん……ふ、ん……んっ、んぅ……っ！」

舌を絡めるくちづけを与えながら、リベルトが不意に胸の膨らみを両手で包み込んだ。そしてゆっくりと揉みしだいてくる。

「……う、ん……んっ、んぅっ」

柔らかさを確認するように指が乳房に沈み込み、捏ねられる。最初こそ驚いたものの、これも気持ちがいい。

「……は……っ、ルーチェ……っ」

息苦しかったのか、わずかに唇が離れる。指先が下から上に乳房を押し上げるように動き、ルーチェは熱く喘いだ。

「ルーチェ……俺に胸を弄られて……どう、だ……？」

食い入るように見つめられながら、問いかけられる。ルーチェは何度も頷いた。

「あ……あ、気持ち、い……わ……。もっと……」

もっと？　その先に何を言おうとしたのか、自分でもよくわからない。

直後、リベルトの指先が乳輪をなぞった。肌がざわめくような快感が強まり、ぶるりと身震いする。

指の腹で乳首を擦られると、応えるかのようにそこがぷっくりと立ち上がり始めた。人差し指と親指で摘まれ、すりすりと擦り立てられる。声が堪えられず軽く仰け反りながら喘ぐと、まるでもっと弄って欲しいとでもいうかのように、胸が突き出された。

リベルトの手の中で、彼の思うままに膨らみはいやらしく動き、形を変える。見ているだけでも淫らな気持ちになり、秘所の奥がじゅんっ、と濡れるのがわかった。

じっとこちらを見つめたまま、リベルトの指が動く。凝った乳頭を爪で引っかくように刺激され、ルーチェはたまらず身を捩った。

「あ……それ、駄目……駄目……っ」

「すま、ない……っ。痛かったか……？」

「違う、の……もっと気持ちよく……なってしま、うのっ。だから駄……あ、あぁっ」

　一度は止まったが、リベルトは再び同じ愛撫をしてくる。涙目で見返しながら嘆願するが、今度は乳首を指で弾いてきた。

「あ……っ、あ、あ……っ」

　甘い刺激的な愛撫に、快感の涙が淡く零れる。リベルトが熱い声で囁いた。

「……こんなに感じやすいなんて……もし、俺のものを入れたら……どうなるんだ……」

　何を言われているのかよくわからず、戸惑って見返す。胸を愛撫（あいぶ）していた片手が下乳から脇腹を下り、臍（へそ）の下へと辿り着いて――下腹部を、掌（てのひら）でそっと押さえられた。

　それは、子宮がある位置だ。何を求められているのかがようやくわかり、息を呑む。

（ここに、リベルトのもの、が、入ったら……）

　子を成す方法は、知識として知っている。男と女はそうやって交わり、子を成すと教わった。いつか、国のために――叶うのならば愛する者と結ばれて、家族を作るのだ、と。

　熱で浮かされた頭は、上手く働かない。ただ、本当に欲しいものを求める気持ちは、顕著になる。

「リベルトなら、いい、わ……来て。あなたと、本当の家族になれる、もの……」

　潤んだ瞳で見返しながら言うと、リベルトが信じられないと大きく目を瞠（みは）った。

「あなたと、本当の家族に……」

　直後、覆い被さり、噛みつくようにくちづけてきた。息継ぎのことなどまったく考えない激しいくちづけに翻弄される。

「……ん……んぅ、んっ、リベル、ト……苦し……っ」

首を左右に振って逃れようとするが、リベルトは両手で頭を押さえてきて許さない。角度を変えて何度も唇を貪りながら、膝の間に腰を押し入れてくる。

「……いいのか、ルーチェ……本当に、俺が、あなたの中に入っても……っ」

硬く太いものが、恥丘に擦りつけられた。身体の奥からじわりと熱が生まれ、甘苦しい疼きが広がっていく。

それはもどかしげに移動し、割れ目に擦りつけられた。リベルトがくちづけを止めないまま下着を下げ、肉竿を露にする。

リベルトの腰が上下に動き、反り返った肉竿の裏筋が下着の布地越しに割れ目をなぞった。

「……あ……っ」

リベルトが腰を摑み、ぐっ、と引き寄せた。肉竿の裏筋に花弁と花芽が押しつけられ、彼が腰を動かすと擦れてたまらなく気持ちがいい。

セストに触れられたときは、嫌悪と怖気と恐怖しかなかった。なのにリベルトが触れると、恥ずかしいのに気持ちがいい。それは、どうしてなのか。

快感に、心がついていかない。戸惑いに瞳を揺らして見返すと、リベルトが呻くように言った。

「あなたを傷つけることは、しない。だが……悪い。このままだと……おさまりが、つかない……っ」

腰を摑む両手に、力がこもった。軽く引き上げられ、腰をせり上げた体勢になる。リベルトが肉竿を割れ目に激しく擦りつけた。

「……あ……あっ、や……んぅ……っ」

甘苦しい疼きが、絶え間なくやってくる。それは蜜を滲ませ、肉竿の動きに合わせて、ぬちゅ、くちゅ、といやらしい水音を作り出した。

はっ、はっ、と短く切れるような呼吸を繰り返しながら、リベルトがさらに激しく動く。膨らんだ先端で、まだほとんど花弁に隠れている花芽を布地越しに押し上げられる。

蜜と先走りで、下着が濡れる。ぬるついた感触が、身体をさらに熱くした。

「……リベル、ト……っ」

不思議なもどかしさに淡い涙を浮かべて、呼びかける。腰の動きを止めないまま、リベルトが舌を絡めるくちづけを与えた。

「……ルーチェ……っ」

唇を離すと、熱く掠れた声で名を呼ばれる。それだけで、どくん、と心臓が大きく脈打ち、蜜がこれまで以上にじわりと滲み出した。

リベルトが両腕で拘束するかのごとくきつく抱き締めながら、これまで以上に激しく肉竿を擦りつける。

「……は、ぁ……ルーチェ……っ!!　もう、駄目だ……っ。出る……っ!!」

骨が軋むほど強く抱擁され、リベルトが低く呻いた。ルーチェも何か言い表しようのない強い快感を覚え、彼の腕の中で仰け反る。

布地越しに蜜口に押しつけられた男根の先端から、熱いものが放たれた。

リベルトがルーチェの項に顔を埋めて息を詰め、何度か背筋を震わせた。そのたびに下腹部が熱いもので濡れる。

荒い呼吸を繰り返していたリベルトが顔を上げ、くちづけてきた。貪るような激しさはないが、今度は蕩けるほど甘い。

「……ルーチェ……」

くちづけの合間に紡がれる呼び声は低く掠れていて、飢えた様子を伝えてきていた。熱を放ったはずなのに、まだ満足していないとわかる声だった。

（そんなふうに、呼ばないで……）

ただ呼ばれただけで、身体の最奥が疼いてしまう。それはどうしてなのか——手を伸ばせば近くに答えがあるような気がするが、今はもう意識を保つことが難しかった。

ルーチェが眠ったあと、彼女の身体を清めてからそのまま離宮の自室に戻る。窓辺に近づいて庭を眺めながら思い返すのは、彼女の言葉だ。

（俺にならばいいと、言ってくれた。俺と本当の家族になれるから、と……）

周辺諸国を納得させるための道具として十三歳で帝国に連れてこられたルーチェには、故国も家族ももうない。

おそらく、リベルトを求めているわけではないのだろう。今の彼女に信頼できて安心できる者が、自分しかいないだけで。帝国に来てから『家族』として過ごしたのが、リベルトとジーナしかいないだけで。

彼女がそれで幸せを感じられるのならば、いくらでも与える。彼女が心から笑えるようになるのならば、それでいい。それ以外は望まない。

（なのに、新たな望みが出てくる。あなたが――あなたのすべてが欲しい、と……）

満月のおかげで、外は思った以上に明るい。見つめていた先に、黒い人影が現れた。

気配を殺し、黒い影はこちらに近づいてくる。二階のこの部屋を目指してはいるが、目的の人物がここにいることには気づいていないようだ。あくまで侵入するための場所としてしか、認識していない。

リベルトも気配を消し、近くにあったチェストの引き出しから短剣を取り出す。この離宮には武器をあちこちに隠してある。そして窓を開け、下を見下ろした。

黒い影は三つ。まだこちらが窓を開けていることに気づいていない。夜闇に紛れるためか、黒い服に黒い布を頭と顔に巻きつけ、目だけ出ている。一つの影が窓の下で足を止め、残りの二つと頷き合った。

懐から細めの縄を取り出す。先端に鉤がついていた。それを窓枠にでも引っかけて、壁を登ってくるつもりか。

視界の奥で、小走りに影に近づいてくる双子の姿が見えた。お仕着せ姿で、一陣の風のように真っ直ぐ向かってくる。足音も気配も殺しているため、リベルトでなければ気づかないだろう。

リベルトは短剣の狙いを定めて言った。

「それ以上近づいたら、殺す」

影が勢いよく顔を上げた。真ん中にいた男の額に、短剣を鋭く投擲する。落下の勢いも加わり、刃が根元まで埋め込まれた。

男が目を見開いたまま、仰向けに倒れた。両隣の男たちが舌打ちし、懐から短剣を取り出してリベルトに投擲しようとする。だが、遅い。

近づく双子の両手には、それぞれ短剣が握られている。ぴったりと息を合わせ、双子は背後から男たちの頸動脈を断ち切った。

鮮血が男たちの視界と身体を染める。リベルトに向かって何か怨嗟を放ったようだったが、届かない。男たちは急激に瞳の光を失いながら、ばたりと仰向けに倒れた。

双子が膝をつき、頭を垂れた。

「お騒がせいたしました、陛下」

「構わん。片付けは任せた」

双子が頷いて立ち上がり、男たちの襟を摑んで引きずっていく。それを何の感慨もなく見送ったあと、リベルトは窓を静かに閉めた。

（どこの輩だったのか聞いてから始末しておいた方がよかったか。まあ目星はついているが）

強き者が弱き者を虐げるこの国のあり方に疑問を持つ者は、貴族社会にはあまり多くなかった。中流以下の者たちにはこの国の異常さを知るまともな思考を持つ者は多く、この十年、リベルトの味方となった者たちは大抵その者たちだ。まだまだ異常な考えに支配されている貴族は多く、彼らはリベルトの存在をよく思っていない。

それゆえに、そういった類いの者たちを黙らせるために非道な手段を取らなければならないことも多かった。そうした出来事が背景にあるため、リベルトを冷酷王と呼ぶ輩もいる。

その過去が表立って反旗を翻す者たちを抑止しているのも事実だ。

だがそれでも、寝首をかこうとする者はいる。直系の皇子がもういないため、リベルトがいなくなれば自分が皇帝になれるかもしれないと夢を見る愚かな貴族もいるのだ。娘を差し出して皇妃にしようという手段は、リベルト相手には絶対使えないからなおさらだ。

そのことを考え、皇帝の座を奪ったとき、皇子だけではなくかつぎ上げられそうな主だった貴族は処分したのだが。

（クズばかりだ）

国の税制を見直したことにより、貧しい者たちへの課税は軽減された。そのため、それまで金を巻き上げる一方だった層には、資金繰りが上手くいかなくなって破産した者も多い。

同時に、表沙汰にならなければいいと犯罪まがいのことをする輩もまだいる。潰しても潰しても、完全に滅しないのがクズだ。

まだ自分を陥れることを諦めていない一派の顔ぶれを思い浮かべ、リベルトは嘆息する。

部下たちにあの遺体から一派に繋がるものはないかを調べさせよう。……いや、双子がその辺りのことは手配するはずだ。

大きく息を吐いて、ベッドに仰向けに倒れ込む。目を閉じるが眠気はまだやってこない。

思ってもいなかったルーチェとのきわどいやり取りを思い出すと、欲望が高まっていきそうになる。

仮死状態だった彼女にあんなふうに触れたことはなかった。意識のない彼女を見れば切なさと愛おしさは募ったが、欲情したことはなかった。生命活動を停止させられた身体は冷たく、彼女をそうしてしまった原因が自分にあることをいつも突きつけられているようで、時折叫び出したくなるような気持ちになった。

一人のベッドは広く、冷たい。

隣にルーチェがいてくれたら。

添い寝してくれと頼んだら、彼女は何の疑いもなく頷いてくれるだろう。やっぱりまだ子供なのね、と言いながら。

微苦笑し、リベルトは目を閉じる。

ルーチェに変に気まずい思いをさせないよう、明日の朝はいつも通りに接しなければ。そうだ。今夜のことはなかったことにすればいい。

触れた温もり、熱、感触、甘い声——少なくともリベルトにとっては、なかったことにはできなかった。

薬が効いたおかげで、翌朝目覚めると熱はすっかり下がっていた。気怠さもなく、とてもすっきりしている。

熱でぼんやりとしていたときにリベルトとしてしまったこと——くちづけを交わし、肌を重ね、最後の一線を越えはしなかったものの彼の欲を受け止めたことを思い出して、真っ赤になった頰を両手で押さえてしまう。熱とともに記憶も消え去ってしまえばよかったのに、しっかり覚えているのだ！

（私……私、いくら熱に浮かされていたからって、何て恥ずかしいことを……！）

自分から彼を求めていたことが、消え入りたいほどに恥ずかしい。あれでは痴女だ。幻滅されたりしていないだろうか。いや、それよりもどんな顔をして会えばいいのだろう。

とりあえず、謝ろう。だが謝ったあとは、どうすればいいのか。彼に軽蔑の目を向けられたりしたらと考えると、身が震える。もし嫌われたらと思うと、まるで世界のすべてに見放されたかのような気持ちになる。

（嫌われたくない）

ならばまずは謝らなければ!!　ぐっと拳を握り締めて決意し、エルダに朝の身支度を整えてもらう。さすがにもう食堂まで抱き運ばれることはなくなったが、何かあると心配だからと、こちらに宿泊したときは必ずリベルトは迎えに来てくれていた。

変わらず今朝も、見事な頃合いで姿を見せる。

「おはよう、ルーチェ」

「お、おは、よう……！」

「気分はどうだ。熱を測らせてくれ」

心配げに眉根を少し寄せて、リベルトが近づく。昨夜、自分に触れた唇や骨張った指、逃げられないほどの抱擁をしてきた腕の感触などを思い出してドキドキし、妙に緊張した。

平常心を保たなければ！　と言い聞かせ、ぎゅっと目を閉じてされるがままになる。目を伏せたリベルトが額を押し当てたあと、安堵の頷きをした。

「大丈夫そうでよかった。だがもう二度と無理はするな。回復を急ぐあまりに無理をして、かえって酷くなったら元も子もない。ルーチェ、どうか焦らないでくれ」

「……心配かけてしまって、ごめんなさい……」

間近で見つめてくる緑の瞳がとても真剣で、改めて申し訳ない気持ちになる。肩を縮めて謝ると、リベルトが微笑んだ。

「わかってくれたなら、いい。さあ、朝食にしよう」

ルーチェの手を取って、食堂へ向かう。ついていきながら、ルーチェは思いきって言った。

「あ、あの……リベルト、昨夜のことは……ご、ごめんなさい。私……熱が出ていたからって、あんな恥ずかしいこと……」

「気にしてない。俺も、あなたに恥ずかしいことをさせた。……悪かった」

顔を真っ赤にして、慌てて首を横に振る。

あのやり取りのきっかけを作ったのは、自分だ。いくら体調が悪かったとはいえ心弱くなり、リベルトに甘えてしまったのがいけない。

「私、あなたに甘えてしまったんだわ。もうあんなことはしないように気をつけるわ！」

リベルトが急に足を止め、向き直った。食い入るようにじっと見つめられ、視線の強さに戸惑う。

「……今、俺に甘えたと言ったか？」

「え、ええ。少し熱で心が弱っていて、人肌が恋しかったのだと思うの……でも、だ、だからといってあんな恥ずかしいことをしてしまって……ごめんなさい……」

ぎゅっ、と繋いだ手に力がこもる。驚いて顔を上げると、リベルトはどこか嬉しそうに小さく笑った。

「……そうか。甘えてくれたのか……いや、それならば嬉しいと思っただけだ……」

何が嬉しいのか、よくわからない。きょとんとした瞳で見返すと、リベルトは目元を優しく緩ませたままで再び歩き出す。

「気にしていないから、そんなに謝らないでくれ。あなたが俺のしたことを許してくれるなら、それだけでいい」

とくん、と、胸が小さく脈打った。そっと胸元を押さえ、ルーチェは小さく深呼吸する。

このときめきは、何だろう。


順調に回復している身体は、今では離宮内を隅々まで歩き回れるほどになっていた。運動用の馬場には馬も用意され、アロルドの指導のもとでならば、乗馬もさせてもらえている。

小さな劇場もあり、先日はリベルトが新鋭で注目されている歌手を連れてきてくれた。とても素晴らしく伸びやかな歌声を持つ歌手で、ルーチェでもわかる歌劇の中の曲を歌ってくれた。隣にリベルトが座り、歌の邪魔をしないように気をつけながら解説してくれたことも嬉しかった。

そして離宮には、図書館かと思うほどの図書室がある。天井まで届く本棚にはびっしりと本が詰まっていて、知的好奇心を刺激してくれた。冷遇されていたときは他の皇子たちのようにきちんとした家庭教師をつけてもらえることはなく、リベルトもルーチェも書物で独学していた。だからこそ、書物が手に入ったときは二人とも貪欲に知識を貪った。当時を思い出すと、ここは天国のようだ。

独学にはどうしても限界がある。そうしたときは、アロルドやエルダたちが教師代わりとなって、様々な知識を教示してくれた。離宮で過ごす日々はとても快適だ。

この日はちょうど読み終えた本を戻しつつ、新しい本を自室に持っていこうと図書室を訪れた。

何か気軽に楽しめる物語が読みたくなり、小説が集められた棚を眺める。ふと、記憶にある作家名が目に入った。当時、ジーナとともに夢中になって読んでいた恋愛小説のシリーズだ。

冷遇されていた当時に娯楽と呼べるものはほとんどなかったが、ジーナが定期的に手に入れていた物資――どうやって彼女がそれを手にしていたのかはわからなかったが――の中にあった娯楽的要素の強い小説だった。

互いに想い合っているのに、環境や人間関係によってあともう少しで結ばれそうなのに結ばれず、離れてしまう。恋などしたことがなくとも切なさや愛おしさは伝わってきて、夢中になった作品だった。

筆の早い作家ではなかったようで、続きが出版されるのにそれなりの時間がいつもかかっていた。自分が読んでいたのは四巻までだったと思いながら巻数を確認すると、全七巻で完結していた。

(完結……していたのね……)

一体いつ、完結したのだろう。最終刊を取ろうとして手を伸ばすが、微妙に届かない。踏み台を探そうと本棚から身を離すより早く、背後から低い声がかかった。

「俺が取る」

リベルトだと気づくと同時に肩口から腕が伸び、容易く目的の本を取って渡してくれた。礼を言って見上げれば、改めて身長差を感じた。

均整が取れているからなのか見ている分にはそうは感じないが、こうして近くにいると記憶の中の彼とはまったく違う逞しさがある。ルーチェも女性としては決して小柄な方ではないはずなのに、斜めに落ちてくるリベルトの影が全身を隠してしまう。

見下ろされているからか、先日のリベルトとのきわどいやり取りを思い出した。覆い被さってきた彼の身体は大きく、すっぽりと包み込まれて温かく、安心した。

（また、あんなふうに抱き締めてくれたら……）

頬に熱が上っていくのを自覚し、慌てて距離を取る。

「ルーチェ……？」

気遣わしげな呼びかけに内心で強く首を左右に振り、甘えの気持ちを吹き飛ばす。

十年という溝が自分たちには生まれてしまったが、頼るべき者が彼しかいないからと甘えるばかりなのは駄目だ。今やリベルトは皇帝で、国のためにやらなければならないことは多い。

（……それなのに私のことを心配して、こうして頻繁に顔を見せてくれる）

執務に影響がないように考えて足を運んでいると、何度か本人からもエルダたちからも聞いている。それでもやはり負担がかかっているのではないかと心配になるのだ。

日常生活にはもう支障がないほど回復している。これほど頻繁に様子を見に来なくても大丈夫だ。

（リベルトに会える日が少なくなるのは……寂しいけれど……）

それは自分が我慢すればいいだけのことだ。ルーチェは意を決してそう提案しようと唇を動かすが、それより早くリベルトが言った。

「この小説、あなたが続きを気にしていたものだな。新作が出ると母上と一緒に感想を言い合っていたものだろう？」

　ヒロインがヒーローとどのように結ばれるのかをジーナと一緒に予想して、討論した。それをどこか不思議そうな表情でリベルトは見守っていた。当時の彼には恋愛小説など興味の対象外だったのだろう。

　思い出が鮮やかに蘇（よみがえ）り、幸せな気持ちになる。ルーチェは微笑んで頷いた。

「ええ、そうよ。続きがとても楽しみだったの。完結していたのね」

　言いながら奥付を確認し、初版が三年前の日付になっていることを知る。そのことが何だかとても物寂しい気持ちにさせた。

　十年という月日が確かに流れている事実を、改めて実感させられる。

「ヒロインたちがどうなったのか……リベルトは知っている？」

「一応読んだ。あなたが気にしていたものだったから。だが、続きをあれだけ楽しみにしていたんだ。自分で読んで結末を知った方がいいんじゃないか」

　頷くと、リベルトがまだ読んでいない分も取ってくれた。

「夢中になって睡眠時間を減らすのは駄目だ。その辺は双子にちゃんと見てもらっておく。誤魔化しても無駄だぞ」

　前もってルーチェの逃げ道を塞いでくるところが、相変わらず心配性だと教えてくれる。

それでも目覚めたばかりの頃に比べれば、口うるささもだいぶましになっていた。

「わかったわ。気をつける。……いつも心配かけてしまって、ごめんなさい……」

本当にもう大丈夫だと思うのに、リベルトはなかなか納得してくれない。彼が安心してくれる目安は何なのだろう。

リベルトが優しく緑の目を細め、指先で頬を撫でてきた。

「そんな顔をしないでくれ。俺があなたに関しては心配性なだけだ。元気になっているとわかってはいるんだが……すまない。いくらそう言われても、まだ安心はできないんだ……」

リベルト自身も基準が決まっていないようで、どこか途方に暮れた表情だった。そんな顔をさせたかったわけではなく、慌てて首を横に振る。

「あなたにもう大丈夫だって思ってもらえるまで、元気になるように頑張るわ！」

「ああ、そうしてくれ。あなたはここで、これからたくさん幸せを感じて欲しい」

頬を撫でていた指が下り、唇を掠める。

貪るようにくちづけられたときのことを思い出してしまい、反射的に小さく震え、一歩離れてしまった。まるで拒絶したかのような態度だったと気づくが、リベルトはどこか申し訳なさげな顔をするだけだ。

微妙に気まずい空気が流れ、ルーチェは慌てて次の話題を探した。

「……リベルトは、最後まで読んだのでしょう？　読み終わった感想を一言で言うのならば、どんな感じだったのかしら？」

ぎこちない話題転換の仕方だと自己嫌悪するが、リベルトは話題に乗ってくれた。

「よくわからなかった。……いや、すまない……」

リベルトがルーチェの肩を抱き、読書スペースへと促す。座り心地のいいカウチソファがこの部屋には用意されているのだ。

「恋愛に興味がないからつまらなかったのかしら……？」

ソファに座りながら問いかける。リベルトは呼び鈴でエルダを呼び寄せると、茶と菓子を用意するように言いつけた。

エルダが一礼して退室する。リベルトは向かい合わせに置かれているソファに座った。

「興味がないわけではないと……思う。ごく普通の温かい家庭を作りたいという願いはあるし、人並みに欲情もする」

——欲情。さらりと零れたその言葉に、何だか敏感に反応してしまいそうになった。

（そ、そうよね。リベルトはもう大人なんだもの。健康な男性なわけだし、女性に興味を覚えるのは当たり前のことよ。むしろ二十五歳になってもそれがなかったら、問題だわ！）

家族同然の自分を、女として求める素振りもあったのだ。皇帝として落ち着いていても、若い肉体までそうだとは限らない。

（そうね……もう、大人の男の人、なのよね……）

エルダが戻り、ソファの間にある小さなテーブルに茶と菓子を置いた。リベルトが促してくれたので、茶を口にする。柔らかい香りが心を優しくほぐしてくれる美味しい茶だ。

「俺自身としては、恋愛経験があるとは言えないからな……恋愛というのは正直、よくわかっていない」

「……好きな人とか気になる人とか、いないの？」

目を伏せて茶を飲むリベルトに、意外な思いで問いかける。すぐには答えずカップを置き、リベルトは不思議そうにこちらを見返した。

「……その、皇城には素敵な女性もたくさんいるでしょう……？」

仮死状態になる前も、皇城内をおおっぴらに出歩くと様々な陰口を叩かれるため、頻繁に歩き回ることはなかったが、それでも時折目にする貴族の女性たちの姿は、皆とても華やかで美しかった。皇帝に近づける女性となれば、記憶の中の彼女たちよりも高位で美しい者たちだろうと、勝手に思ってしまう。

リベルトが軽く眉根を寄せた。端整な顔は嫌悪感で顰めっ面になっている。

「確かに、外見だけは美しいのかもしれないな。俺はあいつらを綺麗だと思ったことは一度としてないが」

何だかホッとしてしまい、その理由が自分でもよくわからず戸惑ってしまう。リベルトが深く溜め息を吐いた。

「贅を尽くしたドレスに一体いくらかけているのか、わからない。そういうドレスに限って、着ている本人にまったく似合ってないから見苦しい。宝飾品も財を誇示するつもりなのかじゃらじゃらと着けていて、重くないのかと思う。あと、化粧臭いし香水臭い。鼻が曲がりそうだ……」

あまりの言いように驚いて目を丸くしたものの、おかしくなってしまう。

今のリベルトの傍には、そういう女性しかいないのか。彼女たちに迫られて嫌気が差していることは、今の言葉と表情を見ればすぐにわかった。

「あんな女たちと一緒にいるよりも、あなたとこうして話している方が楽しいし、気も楽だ。あなたは着飾らなくても綺麗だし、可愛いし、近づくとほんの少し甘い花の香りがして……」

何だかすごい褒め言葉のような気がする。どう返事をしたらいいのかわからず顔を赤くすると、リベルトがハッと我に返ったように言った。

「……いや、その……変な意味……ではない……」

（じゃあ、どういう意味……？）

知りたいような知りたくないような、不思議と心が擽ったくなる。

「……読書の邪魔をしてはいけないから、俺は席を外す」

「まだ、お茶を始めたばかりよ。邪魔になんてならないわ。寛いでいって」

慌てて止めると、リベルトが無言のままこちらをじっと見つめてきた。何を考えているのかよくわからない瞳に小さく息を呑む。

(昔も何を考えているかわからない目をしていたけれど、今よりはまだ……リベルトの気持ちが感じ取れていたような気がするわ……)

なのに今は、わからないときの方が多い。それが、寂しい。

「……執務があるのならば、仕方ないけれど……」

「いや、大丈夫だ。ならば俺も、何か見繕って読むか……」

リベルトが立ち上がり、手頃な本を見つけて戻ると、静かに読み始める。ルーチェもまた同じように膝の上に本を置き、時折茶のカップに手を伸ばしながら読み進めた。

壁時計の秒針の音が、かすかに聞こえる。そして時折ページをめくる音、カップがソーサーと触れ合う音——ほんの少しの音が聞こえるからこそ、かえって静かだ。その静けさが、とても居心地がいい。会話はなくとも、リベルトと一緒にいられるだけで嬉しい。

彼も自分と同じ気持ちだろうか。区切りのいいところで糸しおりを挟み、様子を窺う。

向かいのソファでリベルトは肘置きに頬杖をつき、うたた寝していた。

(……寝て、る……?)

俯き加減の表情は、初めて見る無防備なものだった。記憶の中にある少年の頃の表情と重なり、何だか可愛らしく見えた。

起こさないように気をつけて近づき、顔を覗き込む。細い寝息と、目元にわずかな疲労の色が見て取れた。

いくら優秀な部下が揃っているとは言っても、彼でなければできない仕事もある。公務は必ずしも皇城で行うものばかりではないだろう。ルーチェのもとに足しげく通うために、様々なところにしわ寄せが来ているはずだ。

呼び鈴を鳴らせばイルダかエルダがすぐにやってきてくれるが、その音が眠りを妨(さまた)げてしまいそうだ。ならば自分がブランケットを持ってきた方がいい。ルーチェはそっと部屋を出ていこうとする。

直後、カッ、とリベルトの瞳が見開かれ、脇を通り過ぎようとしたルーチェの腕を掴んだ。一瞬痛みに顔を顰めてしまいそうになるほどの、強い力だ。

「……どこに行く」

「何か掛けるものを持ってくるわ。少し待っていて」

「駄目だ。ここにいてくれ」

「それは構わないけれど……寒くはない？」

「大丈夫だ。……俺は、眠っていたのか……？」

不覚だ、とでも続けそうな渋い表情でリベルトが言う。そこに強い疲労の色を見て、ルーチェはしばし思案したあと、リベルトの隣に座った。

「今日は、あとどのくらいこちらにいられるの？」

「一時間……くらいか。夕食の時間には戻る」

「わかったわ。はい、あなたの頭はこっちよ」

リベルトの頭を両手で包み込み、膝の上に上体を倒す。

焦って起き上がろうとする胸に右手を置いて押さえ、呼び鈴を鳴らす。やってきたエルダにブランケットを持ってきてもらい、それを広げて掛けた。

ルーチェのしていることに強く戸惑っているようでリベルトの抵抗は弱い。

「一時間の昼寝でもだいぶ疲れが取れるわ。私の膝枕でのお昼寝、好きだったでしょう？」

「それは子供の頃のことで……！　昼寝なら、部屋でする」

我慢強く、我が儘など数えるほどしか口にしたことがないのがリベルトだ。ジーナやルーチェのことを大切にしてくれていて、だからこそ無理をしてしまう。そして自身に負担をかけていることを自覚しない。ジーナはそれをよく心配していた。

そしてルーチェも、同じことを心配している。

「……それとも私の膝枕、もう気持ちよくないのかしら……」

十年の月日は、いくら肉体の時間を止めていたとしても何かしらの変化を与えているのかもしれない。少し不安になってしまうと、リベルトが焦ったように言った。

「いや、そんなことはない！　あなたは変わらず柔らかくて温かくて、気持ちがいい！」

そう言われてしまうと気恥ずかしい。頬に熱を感じるが、言質を取ったと笑みを浮かべる。

「それならばよかったわ！　さあ、もう眠って」

リベルトの目を掌で優しく覆う。観念したのか嘆息し、彼が目を閉じた。

入眠の邪魔をしないよう、声はかけない。代わりに読みかけの本を引き寄せる。

心地よい静寂が、再び室内に生まれていく。やがて静かな寝息が聞こえ始めた。

本を閉じてテーブルに置き、膝の上の寝顔を見下ろす。端整な寝顔は記憶のものよりも精悍さを増し、とても綺麗だ。けれど決して女性的な美しさではなく——よく研がれた刃物のような、不用意に近づけない美しさだった。

寝息は静かで、ゆっくりだ。意外に早く深い眠りについている。それだけ疲労が溜まっているということだろう。

その寝顔があまりにも静かで、死んでしまっているのではないかと急に不安になる。慌てて顔を覗き込み、掌で頬を優しく撫でてみた。

リベルトが小さく呻き、身じろぐ。起こしてしまったかと慌てて手を離そうとすると、彼が不意に右手を上げ、その手を握った。

手の甲に唇を押しつけられ、その感触にビクリと身を震わせる。リベルトは温もりを確認するようにルーチェの手を頬に押しつけたが、起きる様子はなかった。

奇妙な羞恥で手を離したくなる。だが身じろぎすれば、彼を起こしてしまう。せっかく気持ちよさそうに眠っているのに、それは嫌だ。

（し、仕方ないわ。これはリベルトがよく眠れるためのことなのだし！）

それに弟のような存在にいちいち照れるのも変だ。肉体的には自分より年上の一人前の男性であっても、政略結婚の夫であっても、彼に照れたり恥ずかしがったりするのはおかしい。

（か、家族……に、こんな気持ちは……変、よね……？）

ジーナがいてくれたら、この上手く説明できないもどかしいような気持ちを、わかりやすい言葉で教えてくれるような気がする。だが彼女はもう、この世にはいないのだ。

（私のせいで）

胸を鋭く刺す痛みを、ルーチェは飲み込む。

過去は変えられない。どうあっても事実は変わらない。自分のせいでジーナは喪われ、リベルトは母親を喪った。

（ごめんなさい）

謝っても、どうなることでもない。いっそ憎んでくれたら、気持ちは楽だったのかもしれない。

だがリベルトはルーチェをとても大切にしてくれる。皇妃としての立場も用意してくれるほどに。

（あなたが私のことをもう心配しなくなったら……あなたから、離れるべきよね……）

そしてルーチェのことを気遣うのではなく、自分が幸せになるように生きて欲しい。

(リベルトから、離れる……)

──嫌だ。

胸を突く強い感情に、戸惑う。理性が下す結論に、本能が嫌だと抵抗する。

(嫌だ。リベルトと、離れたくない)

それは家族として一緒に過ごしてきたからか。もう心のよりどころは、彼しかいないからか。自分を守ってくれる彼の存在を手放すことが怖いからか。

唐突に、その答えを見つけ出す。

(──私が、リベルトを好き、だから……)

『ねえ、ルーチェ。あなたもきっといつか、誰かを好きになることがあるわ。そのとき、どんな恋をするのかしら？　この小説のように一目惚れかもしれないし、あるいは身近な相手と穏やかに恋をするのかもしれないわ。わからないけれど、恋って突然自覚するものよ。気づいたら、大事にしてね』──ジーナが言っていたことを、思い出す。

彼女はそのあとすぐに寂しげに目を伏せ、微笑んで続けた。自分は大事にできなかったから、と。

(……本当だわ。恋って突然、何の前触れもなく自覚してしまうものなのね……)

リベルトの寝顔を見下ろしていると、愛おしさが自然とこみ上げてきた。気づけば俯いて、彼の唇にそっと触れるだけのくちづけを与えている。

　肩口から髪が零れ落ち、その毛先がリベルトの頬や額を擽った。眠りが妨げられ、彼がゆっくりと瞳を開く。

「……ん……ルーチェ……？　どう、した……？」

　泣きそうな顔になっていることやくちづけをしてしまったことを知られたくなくて、空いている掌で目元をそっと覆う。

「な、何でもないわ。あなたの眉間にふかーいしわがあったから、気になっただけ。ほら、まだ時間はあるわ。眠って」

「……ああ、わかった……」

　完全に目覚めてはいなかったのだろう。あっさり頷いて、リベルトは再び寝息を立て始める。眠ったのを確認し、ルーチェは決意した。

（リベルトに、幸せになって欲しい）

　いつまでも心配させて、彼の中で最優先にしなければならないような存在でいてはいけない。

（私は過去に甘えて、リベルトの手を離せていないんだわ……）

　優しいリベルトは、ルーチェのことを何よりも心配してくれる。だがそれでは駄目だ。リベルトの人生なのだから、彼が幸せになれるようにしなければ。

自分を大切にしてくれるこの温もりを手放すのは、怖い。だがそれが彼のためならば、耐えなければ。

目元にじわりと滲んだ涙を捕らわれていない方の掌で拭い取り、気持ちを入れ替える。弱く情けない自分では、駄目なのだ。


ひとときの眠りについたリベルトの次の目覚めは、ずいぶんとすっきりしていた。むしろ寝具できちんと眠ったときよりも頭がはっきりしている。ここ最近の面倒な貴族たちによる進言という形をした文句も思い出さなかった。

ルーチェは時計を見ていてくれて、頃合いを見計らって起こしてくれた。そして自分の表情が明るくなっていることに気づくと、とても嬉しそうに笑った。

「執務が大変なことはわかっているわ。でも身体を大事にして。倒れてしまってからでは遅いのよ」

姉か母のように少し顰めっ面で言い聞かせてくる表情の奥に、不安が見え隠れしていた。この言葉については真摯に受け止めなければならないと思った。

自分が倒れたら、彼女を守る者がいなくなる。頼るべき者もおらず、帰る故国もない。もしも自分がいなくなったらと彼女が怯える(おび)のは当然だ。

少しでも安心してもらいたくて、リベルトは言った。

「もし俺が倒れたとしても、アロルドや双子に万が一のときのことも頼んである。そんなことにならないようにするが……大丈夫だ。俺がいなくなっても、心配はいらない」

抱き締めたら言葉よりも安心してくれるだろうか。欲情を感じさせないように気をつけながらふわりと抱き締めて耳元で囁くと、ルーチェは身を強張らせ、驚きに瞠った瞳でこちらを見上げた。

ルーチェは何か言いたげな顔のまま、口を噤む。言いたいことが何かあるようだ。しばし待ってみたものの、言葉は出てこなかった。

リベルトはルーチェの額に優しくくちづけたあと、まだ図書室で本を読んでいるという彼女を置いて、執務に戻る。彼女が完全に安心できるまで傍にいてやりたいのだが、皇城でリベルト自身が対応しなければならない謁見希望者が待っている。

離宮を離れる自分を見送るために、エルダが玄関ホールまで見送ってくれる。その瞳が、少し心配そうに曇っていた。

「大丈夫だ、俺のことは心配しなくていい。ただ、ルーチェのことだけはよく見ておいてくれ。体調はだいぶ戻っているが、気持ちはまだまだ不安定に見える。今も俺がいなくなることを考えて不安がっていた。安心させてやってくれ」

エルダが頷いた。だが何か物言いたげでもある。

軽く頷いて話すことを許可すると、エルダはゆっくりと唇を動かす。唇を読むことができるリベルトとは、声がなくてもこうやって会話することができていた。

『畏まりました。ですがそれならば、陛下がお傍にいらっしゃるのが一番だと思います』

「……まあ、一応ルーチェにとって俺は家族だからな……」

『陛下……あの、そういうことではなく……』

「とにかく、ルーチェのことはよく見ていてくれ。何かあればすぐに報告しろ。どんな些細なことでもだ」

エルダが深く頭を下げる。玄関ホールを出ればイルダが馬の手綱を引いて待っていた。愛馬に跨がり、皇城へと向かいながら気持ちを切り替えていく。

それは儀式のようなものだ。

（ここではあなたの家族で、保護者でいられる。だが皇城ではそうはいかない）

十年前に比べれば改革は上手くいっている。それでもクズは完全に滅びていない。そしてたかが十年では、それらを完全に代替わりさせることも難しかった。そもそも、代替わりした者がクズだったと気づかされることもままあるのだ。

今、リベルトの周囲が注視しているのは、皇妃の座をいつまで不在にしておくのかということだった。

ルーチェが毒を盛られ、十年間仮死状態であったことを、貴族や民は知っている。毒を盛られたという経緯から、ルーチェは離宮に隠していた。無論、皇城の敷地内のどこかに彼女がいることは、貴族たちには知られている。だが彼女に辿り着くことは誰もできていない。

皇帝の座を奪い取ってから十年、一時期は暗雲に覆われていた内政も、反乱分子を残しつつもだいぶ落ち着いてきた。野蛮な国だと周辺諸国から囁かれ、密かに蔑まれていた状況も、この十年で交渉できる相手なのだという認識を持たれるようにまではなってきた。そうなると、まだ決まっていない後継者問題に目が向けられる。

直系皇族は自分の他にはいない。もし万が一自分が死したときは、自分に忠誠を誓う者たちによる共同統治を命じてある。だが自分の血を継ぐ者が生まれれば、その者が皇位を継いでいく。

共同統治などされては困る者の方が、まだまだ貴族社会には多い。だからリベルトに子を作れと進言してくるのだ。

皇妃になれなくとも跡継ぎを産めば、縁戚としてそれなりの発言力を持てる。そのため、目覚めてもまだ回復途中のルーチェよりも先に自分たちに縁のある娘とリベルトとの間に子を作らせ、その子を次期皇帝にしようと画策しているのだ。

くだらない、と今はその言葉だけで拒んでいる。だがルーチェが目覚めた以上、それも通用しなくなるだろうことも予測していた。彼女が皇妃としての最たる務めを果たせなければ、触れる気さえ起きない女たちを送り込まれる。考えるだけで、うんざりする。

(……力で押さえつける時期は、もう過ぎている……)

今、その手段を取っては、クズだと蔑む者たちと変わらない。結局自分の代も力でねじ伏せることになる。その力が正しく使われているときはいいが、そうでなくなったとき、またこの国は弱き者を虐げる国に戻ってしまう。

皇妃としての務め――ルーチェはそれを、果たしてくれるだろうか。

現状を説明し、説得すれば、彼女は頷いてくれるだろう。だがそれで、いいのだろうか。それは彼女を幸せにすることだろうか。

幸せになって欲しい。だがルーチェにとっての幸せとは、何だろう。彼女を愛し始めてからずっと考え続けている。それでも明確な答えが導き出せていない。

皇城に戻ると、自分付きの部下たちが数人、門扉のところで待っていた。馬から降りると一人が手綱を受け取り、残りが取り囲んでくる。彼らが順番を守って報告してくる政務関係の話に耳を傾け、時折指示を出しながら、足を止めることなく執務室に向かう。

執務室に辿り着けば、部屋付きの部下たちが一斉にこちらに向き直り、一礼した。軽い頷きで応えれば、すぐさま処理の必要な書類が差し出され、口頭での報告がされ、予定確認がされる。それらを聞き、決裁書類に目を通し、頭の中で予定を組み替えつつ、執務を始めていく。

財務関係で納得できない予算申告がされており、それについては詳細な調査を命じる。無論、申告者には気づかれないようにだ。心得ている部下たちは余計なことは一切言わず、しっかりと頷いてくれた。

彼らの手伝いもあって、執務は思った以上に速く進む。気遣ってくれた部下の一人が頃合いを見計らって茶を用意してくれた。それを時折口にしながら執務を進め、一区切りがつく。

決裁済みの書類を抱えた部下たちが、一礼して退室した。残った一人は彼らの中で一番長い付き合いの若者だ。彼はひどく言いにくそうな表情で、中枢高位貴族の一人がリベルトを自邸で開催するパーティーに招待したいと申し出ていることを伝えた。

目の前に差し出された箔押しの招待状を一瞥し、リベルトは深く嘆息した。

差出人のアバティーノ伯爵には、若い娘が三人いる。リベルトと年齢が釣り合っている娘たちだ。彼女らと引き合わせ、誰か一人でも懇ろにさせようと思っているのだろう。

「適当に理由をつけて断れ。……一応、もっともらしい理由で頼む」

娘たちに興味がないと明らかにわかるような返答では、角が立つ。この伯爵の発言力は、まだ侮れないものがあるのだ。

彼が反皇帝派の、今の筆頭だ。彼がいなくなれば、あとはさほどの脅威でもない。

（最近、妙な動きをしていると報告が上がっている。気をつけておかなければな……）

部下は頷いて、退室する。彼は部下たちの中で一番外交術に長けていた。波風立てることなく断ってくれるだろう。

一人になった執務室で、リベルトは執務椅子の背もたれに深くもたれかかった。

吐いた溜め息には、自覚できるほどの疲労感が含まれている。疲れなど、ここ十年、自覚したことはなかったのに。

（……ああ、そうか。ルーチェと一緒に過ごす時間があるからか……）

ルーチェと過ごす時間――それが癒やしとなって、心身の疲れが完全に回復するようになったのだろう。その状態を知ったからこそ、今、こうして疲労を自覚できるようになったのだ。

この執務の様子だと、離宮に戻れるのは夜更けになるだろう。

ルーチェはもう眠っている。だが寝顔を見ることはできる。そして朝食の席では、彼女の笑顔が見られる。

ふ、と気持ちを入れ替える息を吐き、リベルトは羽根ペンを手に取った。

【第四章　あなたに喜んでもらいたくて】

うたた寝をしたときのリベルトのことが気になり、午後の茶を用意してくれた双子に思いきって先日のことを話した。ルーチェのところに来ているせいで疲労が増しているのではないか気になったのだ。

双子は互いに顔を見合わせたあと、視線で何か会話をしてから言った。

「前にもお話ししましたが、ルーチェさまとのお時間を確保するため、陛下は執務を上手くさばいていらっしゃいます。私たちの前ではルーチェさまがご心配されるような仕草も表情も、一度も見せたことがありませんから……」

『陛下はルーチェさまだけに本心をお見せしているのだと思います』

エルダはいつも持っている小さな黒板にチョークで文字を記すことで会話するようになっていた。イルダが頷(うなず)く。

「私もそう思います。ルーチェさまがいらっしゃるここは、陛下にとって憩いの場なのです。陛下のお身体やお心を心配されるのでしたら、陛下が一番陛下らしいお顔を見せてくださるよう、ルーチェさまらしく過ごされるのがいいかと思います」

（リベルトが、リベルトらしくいられるように……）

双子の言葉が指針を示してくれた。ならば彼がここで快適に過ごせるようにすればいい。

「ありがとう！　何をしたらいいのか見えてきたような気がするわ！」

礼を言うと、双子がとても嬉しそうに笑う。そして茶請け用の菓子を勧めてきた。

「こちら、エルダが作ったものです。とても美味しいので、ぜひ食べてみてください」

何の装飾もないシンプルなフィナンシェだ。だが口にするとアーモンドと焦がしバターの深みのある味が口いっぱいに広がって、とても美味しい。頬に自然と笑みが浮かんだ。

美味しいと褒めると、エルダが笑顔になる。イルダが少し意気込んで続けた。

「姉さんのお菓子作りの腕は、皇城の料理長より上ですよ！　ルーチェさまは甘いものがお好きだと陛下が仰っていて、お目覚めになったら美味しいお菓子をたくさん食べてもらいたいからって姉さんにお菓子作りの勉強をさせたのです。姉さんは頭もよくて器用だから、すぐに覚えて！　それに、オリジナルのレシピを作ったりもしているんです！」

エルダが顔を赤くして、妹の暴走じみた発言を止めようとする。ルーチェは、聞いて驚いた。

「リベルトが、私のために……？」

「はい。陛下はいつでもルーチェさまのために、何をして差し上げられるかを考えていらっしゃるようです」

妹の言葉にエルダも何度も頷く。嬉しさと気恥ずかしさが怒濤のようにやってきた。頬が熱くなり、思わず両手で押さえて俯いた。

（……私のため、に……）

ジーナを喪う原因を作ってしまったのに、こんなにも大切にしてくれる。きっと自分が知らないところや気づけていないところで、彼は色々と気遣ってくれているのだろう。ここで快適に過ごせるのはそのおかげだ。

（私も、リベルトのために何かしたい。でも何をしたらいいかしら……？　身体に負担をかけるようなことをすれば、かえって心配をかけてしまうし……）

自然と難しい表情で考え込んでしまう。双子が心配そうにどうしたのかと問いかけた。

気恥ずかしかったが、彼女たちの力を借りるのもいいかもしれない。リベルトにこの十年仕えていたのだから、きっと自分の知らない彼のことを知っているだろう。

ちく、と胸に感じた小さな痛みは、気づかないようにする。

どうあがいても、空白の十年は取り戻せないのだ。それを嘆いて詫びる一方でいるよりは、受けた恩義に対して礼を尽くしていく方がずっといい。それにリベルトにも変な気遣いをさせることもないだろう。

「リベルトに居心地がよすぎてたまらないって思ってもらえるくらい、ここを快適な場にしてあげたいと思うの。何かいい方法があれば、提案してくれるかしら？」

「まあ！　陛下がお喜びになります！　全力でご協力します！」

イルダの言葉にエルダも満面の笑みを浮かべて何度も頷く。

「今から色々と相談してもいいかしら……？」

「はい、もちろんです！　まずは何をしましょうか。思いつくことをとりとめもなく口にしたら、最適なものが見つかるかもしれません」

なるほど、と頷いて、ルーチェはリベルトが喜びそうなことをつらつらと口にする。自分用の黒板に、エルダが書きつけていった。

リベルトが喜ぶ顔を想像すると、胸がきゅっ、と甘い切なさに満たされる。不思議と泣きたくなるような――けれどもその顔を見られるのならば何でもしたくなる。この気持ちが、愛おしい、というものなのか。


今日は執務に時間がかかっているようで、夕食をともにすることはできないとあらかじめ連絡をもらっていた。双子が作ってくれた美味しい料理を食し、ルーチェは入浴の前に彼女たちとともに厨房に入り、思い出をなぞりながら料理を作る。凝った料理ではないのだが、よく煮込み、味を染み込ませるために手間と時間がかかるものだった。

ジーナが時折作ってくれた根菜の煮込みだ。スープを多めにして、少ない具材でも満腹感を得られるようにしてある。肉の塊を一緒に煮込むともっと美味しくなるとジーナは言っていたが、当時は肉を塊で口にできることが少なく、ベーコン状のものを数枚、鍋に入れるだけだった。

（あとは……美味しくなるように願いながら掻き混ぜて、煮込んで……）

『そして、食べてくれる人の笑顔を思い浮かべるのを忘れては駄目よ』――ジーナのレシピに自然と笑顔になる。そんな感覚的なものを料理に込めることなどできないと頭ではわかっているのだが、不思議とそうすると美味しくなるのだ。

双子たちが興味深げに手元を見守っている。頃合いを見計らって火を止めると、小皿に中身を少しすくって二人に差し出した。

「よかったら味見してくれる？」

「……でも、陛下よりも先に口にするなんて……」

なるほど、忠義心ゆえの躊躇か。ルーチェは少し考え込んだあと、言った。

「久しぶりに作る料理なの。大丈夫かどうか心配で……まずくてもリベルトは美味しいと言ってくれると思うのよ。だから、確認して欲しいの」

そういうことならば、と双子が味見をしてくれる。そして大きく頷き、笑顔になった。

「とても美味しいです！」

（よかった……！）

十年ぶりの料理に、やはり緊張していたらしい。ホッと胸を撫で下ろし、鍋に蓋をする。

「リベルトが来たら、出してあげて。お風呂に入るわ」

夜更かしという時間ではないが、この時間ならばいつでも眠れる状態になっていないとリベルトはあまりいい顔をしないのだ。イルダが入浴の手伝いをしてくれて、寝支度を整える。

その頃になって、リベルトがやってきた。ベッドに入る前だったため、おやすみの挨拶をしに寝室に姿を見せる。

「特に何もなかったか」

アロルドの診察でも異状はなく、報告する問題など何もない。だがリベルトは必ずこうやって尋ねてくる。ルーチェは笑顔で頷いた。

「何もないわ。今日も私はとても元気よ！」

「ああ、そうだな。いい笑顔をしている」

リベルトが柔らかく目を細め、片手で頬を撫でてきた。大きな掌の感触に、うっとりと気持ちよくなって目を閉じてしまいそうになる。

（……違うわ！　私が気持ちよくなってしまってどうするの！）

慌てて首を振り、リベルトから身を離す。

「ルーチェ……？」

拒絶されたとでも思ったのか、リベルトがどこか不安げに名を呼ぶ。そんな顔をさせるつもりはなかったため、慌てて言った。

「……ち、違うのよ。リベルトに触られると、とても気持ちよくなってしまうから……」

正直に答えすぎた、と気づいたときには遅い。リベルトの目が驚きに軽く見開かれている。

（……私！　今とても恥ずかしいことを言ってしまった……!!）

顔が赤くなり、どうしたらいいのかわからず身体を強張らせたまま動けない。リベルトの目元も少し赤くなったように思えた。

リベルトが目を伏せ、軽く咳払いをする。何とも言いようのない変な空気は、それをきっかけにして何とか散った。……散ったと思うようにした。

「今日も何事もなかったのならば、それでいい。おやすみ、ルーチェ。また明日」

「……あ、あの、待って……！」

名残惜しげにしながらも退室しようとするのを、慌てて止める。リベルトがすぐに足を止め、心配そうに振り返った。

「何かあったのか。言いづらいことか？」

大きな問題が起こったのかと問われているような気がして、申し訳なくなる。

「あ、あの……大したことではないのだけれど……」

前置きしてから、ジーナ直伝の煮込みスープを作ったことを教える。リベルトは軽く目を見開いたまま動きを止めていた。

その緑の瞳から、何を思っているのかを読み取ることはできない。あまりにもくだらないことだったので呆れられたのだろうか。

「別に無理して食べなくてもいいの！　でもあの料理を作れるのは今は多分私だけだし、懐かしいかと思って！」

言ってから、ハッと気づく。

確かにジーナを思い出せるかもしれないが、懐かしく温かい思い出によってかえって辛くなってしまうかもしれない。どうしてそのことに気づかなかったのか。

「あ、あの、ごめんなさい。よかれと思って作ったけれど、かえって辛くなるわよね……」

しゅんっ、と肩を落として言うと、リベルトが小さく笑って首を振った。

「あなたのその気持ちが、嬉しい」

ドキン、と心臓が小さく音を立てる。リベルトの目尻に甘さが滲んでいた。直視できなくて、焦って目を伏せる。

「ありがとう、ルーチェ。これからもらう。……今度は……」

何か言いかけたのに、リベルトは口を噤んでしまった。ルーチェは慌てて顔を上げ、彼を真っ直ぐ見返す。

「今度は、何？　したいこととかやって欲しいことがあるならば、言って欲しいわ。今の私には、あなたにしてあげられることがあまりにも少ないんだもの……！」

　知らず、必死になってしまう。リベルトはそれに少し驚いた顔をしたものの、ルーチェを安心させるためか気恥ずかしげに続けた。

「その……今度はあなたと、思い出話をしながら食べたいと……」

「……ジーナさまとの思い出話は……辛く、ない……？」

「辛くないと言えば、嘘だな。だが、今はもう、母上のことを話せるのはあなたしかいない。母上のことを忘れることはないが、自分一人で思い出を抱えているのも辛いということをこの十年で知った」

　何を言うべきか、わからない。自分は十年の空白が埋まっていないが、その間、何の苦痛もなかった。仮死状態で、ただ眠っていただけだ。

　その間、リベルトは味方を集め、この国をよくするために奮闘し――一人で様々なことをやり遂げてきた。もしも自分だったら、同じことはできない。

「私、まだ眠くないの……」

「そうか。だが睡眠はちゃんととるんだ。せっかくここまで回復してきたんだから」

「だから、よく眠れるハーブティーを淹れるわ。私が飲み終わるまで、一緒にいてくれないかしら……そ、その間、あなたは食事をする、ということで……」

　リベルトが再び軽く目を見開く。こちらの言いたいことに気づくと、微苦笑した。

「そういうことならば、仕方がない。一人にして本でも読まれて、夜更かしされるよりはいいか」

「ええ、そうよ。私をちゃんと見張っていて。それにおしゃべりをしていたら、眠気もやってくるかもしれないわ」

リベルトが喉の奥で小さく笑う。そして手を繋いできた。

そうすることが当たり前のように——とても自然な仕草だった。ドキリとしてしまったものの離して欲しくはなくて、されるがままになる。

「何の根菜を使ったんだ？」

「ジャガイモと人参。いつもこの野菜だったでしょ」

「そうだな。肉は入れたのか？　あの頃は大抵、薄いベーコンだけだった」

「今夜はごちそうの方で作ってみたわ。ちゃんと肉片が入っているわよ。でも、帰ってくるのが遅いって聞いていたから、とろとろに煮込んだわ」

「そうか。それは楽しみだ」

リベルトの表情も声も、あまり変化はない。それでも喜んでくれている雰囲気は伝わってくる。繋いだ手が、温かかった。

作った煮込みスープをリベルトはとても美味しいと褒めてくれた。お代わりまでしてくれて嬉しかった。

毎日料理をするとなると身体に負担をかけるとかえって心配させてしまうだろうが、時々ならばいいだろう。これからも折を見て、思い出の料理を作ることに決める。

あとから双子に教えてもらったが、リベルトがこんなにたくさん食べたのは初めてだったらしい。これまで食事はルーチェに合わせてくれていたからだろう。特に食が細いという印象を受けてはいなかったが、思い返せば確かに成人男子としては——ましてや身体も鍛えているにしては、食が細かった。アロルドが栄養管理もしているというから大丈夫だとは思うものの、やはりたくさん食べてくれた方が安心する。

リベルト自身もお代わりするほど食べたことに、少し驚いた顔をしていた。

（ジーナさまがいなくなって、私が仮死状態になって……それからずっと、食事は一人でしていたのね……）

皇帝に捧げられる料理は、美味しいものばかりだったろう。だがそれすらも、リベルトには味気なく感じられたのかもしれない。そのせいで食事を単なる栄養補給としか思えず、必要なものだけ口にしていたに違いない。

ここにいるときは心から寛いで欲しい。ルーチェを心配するだけでなく、リベルトも気を緩めて欲しい。

ならば彼が生活する場を、居心地よくするのもいいだろう。次にルーチェはリベルトの部屋を飾るための手芸を始めることにした。

リベルトがここに来たときに泊まる部屋は、ルーチェの部屋の隣だ。何かあったとき、すぐに駆けつけられるようにということらしい。どんな部屋なのかと見せてもらったところ、ベッドとソファ、執務机と椅子、そしてほとんどものの入っていない棚だけの簡素すぎる部屋だった。

リベルトは必要なものは揃っていると、気にもしていない。だが、こんな殺風景な部屋で寛げるわけがない。ルーチェの部屋には様々な配慮がされているというのに、自分のことに無頓着なのは、十年経っても変わっていなかった。

リベルトが部屋から出たくないと思えるほどにしようと、ルーチェは双子とアロルドの協力を得て、無駄遣いにならない程度に改装をした。壁紙を暖かみのある色のものに張り替え、新しいランプを追加し、棚に小さな絵をいくつか置いて飾った。

ベッドカバーも換え、枕やクッションのカバーには、小さな刺繍(ししゅう)をしてみた。あまり大仰(おおぎょう)なデザインにしてしまうと、身体に負担をかけるとリベルトに怒られてしまう。その辺のあんばいは、きちんと考えた。

部屋に徐々に物が増えたり変わっていったりするのを、彼はどこか不思議そうに見守ってくれた。部屋の模様替えや改装などには興味がなさそうだったが、文句は一つも言わない。

それどころか、リベルトのイニシャルを刺繍した枕カバーができたときは、とても喜んでくれた。

その笑顔を見ると、もっと何かしたくなる。もっと笑って欲しくなる。

（リベルトもこんな気持ちで私に色々してくれるのかしら……）

「この枕カバー……肌触りもいい」

「布見本を用意してもらったの。実際に触ってみて、一番肌触りがいいものを選んだのよ」

「これは君の枕カバーも仕立てた方がいいな。あとで手配しよう」

（結局お返しされてしまっている……⁉）

何だか本末転倒な気がすると思いながらも、リベルトが嬉しそうだから遠慮の言葉は飲み込んだ。

「この枕なら、よく眠れそうな気がする……」

小さな声で呟かれた言葉は、ほとんど独白だった。リベルト自身、自分が零した言葉に気づいていない。ハッとして見返したルーチェを、心配そうに見やる。

（よく眠れそう……今、そう言ったわよね。じゃあリベルトは、いつもぐっすり眠れていないということ……⁉）

「ルーチェ？　どうした？」

「……う、ううん、何でもないわ。喜んでもらえてよかったと思って」

改めて礼を言ってくれるリベルトを見て、次にしてあげたいことが自然と出てきた。

よく眠るために、添い寝をするのはどうだろう。あのとき、膝枕をしたらよく眠れたと言っていた。

（一緒に眠ったら……また、リベルトに触れてもらえ、る……？）

淫らなことを思い出してしまい、ルーチェは心の中で勢いよく首を横に振った。


一緒の夕食を終え、入浴し、寝支度を整える。だがいつもとは違い、今日はベッドには入らず、自分の枕を抱えて隣の部屋へと向かった。

ノックをして名乗れば、すぐにリベルトが扉を開けてくれる。微苦笑してしまうのは、何か問題が起こったのかと心配そうな顔をしていることだ。

「どうした、ルーチェ。何かあったのか」

「心配してくれてありがとう。でも私があなたの部屋を訪れるたびにそれでは、何だか来にくくなってしまうわ」

「……あ、いや……そういうわけではないんだが……こんな時間だし」

確かに、異性の部屋を訪ねるにはかなり非常識な時間だ。

だが家族同然で、彼の配慮により立場上は夫婦だ。何の問題もない！　と自分に言い聞かせ、なるべく変に意識しないように明るく笑って言う。

「入ってもいいかしら……？」

少し困ったように眉根を寄せたものの、リベルトは軽く頷いて招き入れてくれる。どのような気持ちで受け入れてくれたのかはわからないが、こうして部屋に入れてくれたことに安堵する。

部屋の扉が閉められる。だが鍵はかけられない。そのことにホッとしながらも、少し残念に思うところもあって恥ずかしくなる。

「執務の方はどう？　もう終わったのかしら」

執務机の上は綺麗に片付いていて、リベルトも寝間着にガウンを羽織っていた。ただ、分厚い書物が開かれたまま置かれている。

「終わっている。少し興味のある本があったから、読んでみようかと思っていたところだ」

「よかった！　じゃあ一緒に寝ましょう」

笑顔のままでルーチェは言う。リベルトが軽く目を瞠ったあと顔を顰め、こめかみを指先で押さえた。

「……待ってくれ。言っている意味がわかっているか？　俺と一緒に眠るということは……」

「私とあなたは夫婦でしょう？　だったらこの間のようなことがあったとしても、別に問題はないわ」

「そうじゃない！　俺たちは立場上、夫婦なだけであって……気持ちは、違うだろう」

チクリと心に痛みが生まれる。リベルトの言葉に間違いはない。あくまでそれは形式的なものであって、自分たちは本当の夫婦ではない。

「……でも、家族……よね……？」

それは否定して欲しくなかった。優しいリベルトが他人だと言いきることはないとわかっているが、そうと感じられる言葉は聞きたくなかった。

リベルトがきゅっ、と薄い唇を強く引き結ぶ。何を考えているのかわからない無表情な瞳でしばしこちらを見返したあと、呻くように言った。

「……ああ。家族、だ……」

そう言ってもらえて安心するのに、何だか寂しくもなる。それは彼のことを家族としてではなく、一人の男性として恋しているからだろうか。

（これは私の一方的な想いだし、リベルトに押しつけるものではないし、何よりも……）

ジーナの死の原因となった自分がそんな想いを投げかけたとしても、かえって困らせるだけだ。心の中で自分の頬をパン！　と軽く叩き、ルーチェは続ける。

「私の膝枕だとよく眠れるのでしょう？　でも、朝までずっと膝枕はしてあげられないから、色々と考えてみて……だったら一緒に寝るのはどうかなと思ったの」

リベルトは今度は両手で顔を覆い、俯く。ひどく困った様子を見て見ぬ振りをして、ルーチェは寝室のベッドに向かった。

ここは変に羞恥心を出しては駄目だ。そして一瞬でも怯(ひる)んでは駄目だ。リベルトの優しさを利用して押していかないと、拒まれて終わってしまう。

「リベルト、早く来て。ガウンだけだと少し寒いわ……」

「……なんだと！」

リベルトが慌ててルーチェに走り寄りながら自分のガウンを脱ぎ、肩を包み込んでくれる。身長差がそれなりにあるため、足首どころか床に引きずってしまう。

「これでもう寒くないか。すまなかった。早くベッドに入ってくれ」

軽々と抱き上げられ、素早くベッドに運ばれる。すぐに掛け布を引き上げられて、頭まですっぽり隠れてしまった。

慌てて顔を出せば、リベルトが難しい顔でもう一度同じことをしようとした。

「顔が冷えたらどうするんだ」

「顔を出さなければ息苦しいわ！」

「……そうか。そうだったな……」

今そのことに気づいたように、リベルトは唸(うな)る。そして仕方なさそうに掛け布を顎(あご)の下まで引き下ろしてくれた。

「もう眠れ。おやす……み……っ！」

「駄目よ。一緒に寝ましょう！」

さりげなく逃げようとしたリベルトの手を慌てて摑み、引き寄せる。予想外の力だったようで彼が体勢を崩し、こちらに倒れ込んできた。押し潰さないように気遣ってくれるのが嬉しい。

「大丈夫か⁉　どこか潰していないか⁉」

「大丈夫よ。さあ、隣に入って。さあさあ！」

リベルトの手をさらに引き、強引に隣に寝させる。大きな溜め息をついたあと、彼は仕方なさげに従ってくれた。

「わかった。だがいいか、今夜だけだぞ。今夜だけだからな！」

「あら、駄目よ。これであなたがぐっすり眠れたら、毎晩一緒に寝るわ。その方がリベルトの睡眠のためにもいいということだもの」

「……あなたはどうしてそうなんだ……」

低く呻きながらも、リベルトは苦笑する。並んで横になったリベルトの腕の中に潜り込むと、その身体が強張った。

「……なぜ、くっついてくるんだ……？」

「膝枕ができないのだもの。私を抱き枕にして」

「無理だ！　そんなことをしたら、俺は絶対にまた……っ」

「なら、私があなたを抱き枕にするわ」

気恥ずかしさを飲み込み、えいっ、と心の中で気合いを入れてから抱きつく。リベルトの身体がさらに強張ったが、拒絶はされなくてホッとした。

（リベルトの身体……温かい……）

何だか自分の方がぐっすり眠れそうだ。温もりに目を閉じてしばらくすると、すぐに眠気がやってきた。

「……ルーチェ……？　眠ったのか……？」

起こさないように気をつけながら柔（やわ）らかく優しい声で呼びかけ、頭を撫でてくれる。リベルトの手が頭から頬に移っても、心地よさはまったく変わらなかった。

「……ん……」

穏やかな目覚めがやってきて目を開くと、鼻先が触れ合いそうな至近距離にリベルトの寝顔があった。ドキリとしてからすぐに一緒に寝たことを思い出す。

リベルトの両腕が、優しくルーチェを抱いている。寝顔も寝息も穏やかで、それなりにいい睡眠が取れているようだ。

首を動かし、サイドテーブルに置かれている時計を確認する。いつもの起床時間より一時間も早いが、寝不足感は一切ない。ルーチェ自身も質のいい睡眠が取れたということか。

(リベルトも同じだといいのだけれど……)

「……ルーチェ？　どうした……？」

身じろぎしたことで、起こしてしまったようだ。目覚めたばかりで少し掠(かす)れている声で、リベルトが呼びかけてくる。

「起こしてしまってごめんなさい。まだいつもより一時間も早いわ。もう少し寝ていても大丈夫だから……」

「……朝、だと……っ？」

ひどく驚いた様子で、リベルトが、カッ、と目を見開いた。あまりの驚きようにルーチェもびっくりし、無言で見返す。何とも言えない微妙な空気が流れた。

「……もしかして、熟睡してしまったの……？」

「……そ、そうなる、な……」

照れ臭げに片手で口元を押さえて、リベルトが低く言う。その目元が少し赤くなっているのが、可愛(かわい)くて、何よりも嬉しかった。

「ねえ、明日も一緒に寝ましょう！」

「……な……っ!?」

「だって、これはとてもいいことよ。あなた、これまであまりよく眠れていなかったのでしょう？　でも私が一緒だと熟睡できるのだもの。だったら私、あなたのために抱き枕になってあげられるわ。離宮に来られないときは我慢してもらうしかないけれど……」

いいことを思いつき、ルーチェは笑顔で続ける。

「迷惑でなければ、そういうときは私が夜だけ皇城に行くというのはどうかしら？　立場上は皇妃なのだから、問題はないと思うのだけれども……」

「――駄目だ」

静かで落ち着いた声なのに、背筋が震えるほど恐ろしい声だった。反射的に青ざめて絶句すると、リベルトが大きく息を吐いてから続ける。

「皇城は、ここととはまるで違う。君が傷つくだけだ……」

その言葉に、それ以上強引に押し進めることはできなかった。

「……わかったわ。皇城に行くのはあなたがいいと言ってくれてからにするわ」

「すまない……」

なぜここでリベルトが謝らなければならないのか。ルーチェは慌てて首を横に振ろうとして――しかし、ひどく申し訳なく思いながらもそれを利用させてもらう。

「謝るならば、私のお願いを聞いて。これからは一緒に寝ましょう」

「……いや、それとこれとは話が別だ……！」

「別ではないわ。あなた、私の膝枕と添い寝と、どっちがよく眠れたの？」

数瞬沈黙したあと、リベルトが呻く。

「……添い寝、だ……」

「ならば私の提案を断る必要なんてないじゃない。私もリベルトと一緒だと、とてもよく眠れたわ。だからお願い、一緒に寝て」

彼の優しさにつけ込んでいることを充分承知している。狡いやり方だとわかっていても、今は少しでも彼の役に立ちたかった。

リベルトが緑の瞳を鋭く光らせた。

「……ルーチェ、俺はもう子供ではない。大人の男だと教えたはずだ。一緒に寝て、またあなたに淫らなことをしたらどうするんだ？」

「どうもしないわ。私たちは夫婦なんだもの。してもおかしいことではないでしょう」

さすがにこれから寝直せるほど眠気は残っていない。言いながらルーチェは上体を起こそうとする。

リベルトが小さく息を呑み、不意に腕を摑んだ。そのまま強い力で引かれ、押し倒される。あっと思ったときにはもう、嚙みつくようにくちづけられていた。

「……ん……っ!!」

角度を変えて深くくちづけられ、舌を搦め捕られる。官能的なくちづけには嫌悪感は一切湧かず、それどころか身体の力が奪われてしまうほどだ。

逃れようとしても、きつく握り締められた両手をシーツに押しつける力は強い。抵抗しないでいると、リベルトの足が動いて——ルーチェの足の間に入り込んできた。

右の太腿が膝を割り、寝間着の薄い生地越しに内腿を撫で上げる。寝間着の裾が自然とめくれ上がり、引き締まった太腿が恥丘を擦り立ててきた。

「……っ！」

甘い刺激に小さく震える。本能的に腰が引けるが、リベルトがのしかかってきて、逃がしてくれない。

薄い下着に守られた秘密の場所を、リベルトの太腿が擦る。花弁や花芽を鈍く刺激され、ルーチェは息を詰めた。

リベルトがわずかに唇を離す。

「……俺も、一人前の……男だ。魅力的な女性の身体が傍にあれば、欲情……する。寝ぼけて……これ以上のことをしたら、どうするんだ……？」

「……あ……っ！」

ぐっ、と花弁を押し割るように太腿が深く入り込んだ。ルーチェは思わず彼の太腿を両足で挟み込み、軽く仰け反る。何とも言えない甘い疼きが、背筋を這い上がった。

リベルトが、こちらをじっと見つめている。食い入るように見つめてくる深い緑の瞳には、息を呑んでしまうほどの獣性が感じ取れた。

これは、家族に向けるものだろうか。

(ねえ、リベルト……あなたが、私を欲しいと思ってくれるのならば……いいの……)

思いきって想いを伝えようとしたとき、リベルトが身を離した。身体に火照った熱を宿したまま、ルーチェは慌てて起き上がる。

そのときにはもう、リベルトはベッドから下りて立ち上がっていた。何を言えばいいのか戸惑うルーチェを肩越しに振り返り、微苦笑する。

「……すまない。少し、やりすぎた」

こちらが何か言うより早く、リベルトは呼び鈴で双子を呼んでしまう。やってきた二人は自分たちが一緒にいることに少なからず驚いたようだったが——どこか嬉しそうだ。何も言わずにルーチェを取り囲み、朝の身支度のために自室に連れていってくれる。

部屋を出るとき、ルーチェはきゅっと唇を強く引き結んだあと、リベルトに向き直って言った。

「さ、さっきのことは……い、嫌ではなかったわ……!」

リベルトが軽く目を見開く。何を言われているのかわからないという表情で見返され、ルーチェは耳まで赤くなりながらも続けた。

「も、もっとして……欲しかった、のよ……」

それ以上は言えず、足早に自室に向かう。双子が慌てて追いかけてくるのを、待つこともできなかった。

少し大きめの音を立てて、扉が閉まる。それをリベルトは茫然と見つめた。

(今……なんと言った……？)

あんなふうに淫らに触れた自分に、もっとして欲しかったとルーチェは言わなかったか。

もっと先——それは、彼女を抱くということだ。それでもいいというのか。

(……まさか、本当に……？)

一緒に入浴したとき、熱を出したときのルーチェの反応を思い出して、どくりと胸が熱く震える。あのときの彼女も、自分に触れられることを嫌がってはいなかった。

(……本当に言葉通り……気持ちよかった、と……？)

あれは心が伴っていない、肉体の快楽によるものではないということなのか。リベルトは必死にそのときのことを思い返す。だがルーチェに触れているときは理性などほぼなきに等しく、冷静な判断ができない。記憶の中の彼女が、本当に自分の思った通りの反応なのだと確信は持てなかった。

きっと、こうあって欲しいという願いが込められてしまっている。そもそもルーチェは、男女の機微に疎かった。時折ジーナと苦笑し合ってしまうくらいだった。

これまでの触れ合いは、彼女の肉体的な気持ちよさに繋がっていたかもしれない。ここまで触れることを許してくれたのは、『家族の一員』である自分だったからかもしれない。

（ルーチェに、わかってもらわなければ……）

堪えようとしても彼女に触れてしまうのは、彼女のことを愛しているからだと。一人の男として、一人の女性である彼女を欲しいと思っているからだと。

その気持ちで触れてもいいのかと。

（確認、しなければ……）

自分たちの気持ちが同じでないのならば、もう二度と触れない。

これまでも耐えてきた。だからできるはずだ。

（俺は、耐えられる……）

もう彼女の身体の甘さを知ってしまったのに？　と、心の中で決意をあざ笑う理性がある。

リベルトはきつく眉根を寄せた。

（耐えられる。だが、もしも俺の求めに彼女が本当の意味で応じてくれたのならば……）

ぞくり、と下腹に獰猛な欲望が生まれるのを感じ取る。リベルトは息とともにそれを吐き出した。

【第五章　あなたが欲しい】

もしかしたらもう離宮には泊まらないと言われてしまうかもしれないと心配したが、リベルトは翌々日、宿泊した。執務の関係上、夕食の時間には間に合わなかったが、それでもルーチェが食べ終わった頃にはやってきた。

食後の茶を味わいながら、リベルトが食事するのを見守る。自分が作った料理より、食べている量が少ない。早いうちにまた思い出の料理を作ろう。今度は何がいいだろうか。

食事を終えたあとそれぞれの部屋に戻り、寝支度を整える。そして当たり前のようにリベルトの部屋を訪れた。

嫌だと拒まれて部屋に入れてもらえない可能性もあったが、リベルトは意外にあっさりと招き入れてくれた。ホッとしつつ中に入り、寝室に向かう。

リベルトも寝支度を整えていて、あとはもう眠るだけのようだった。ルーチェは変に意識しないよう、明るい笑顔で続ける。

「さあ、リベルト！　早く寝ましょう」

「その前に話がある」

反論を許さない厳しい表情に、一瞬身体が強張った。

ルーチェは小さく頷き、ひとまずベッドの端に腰掛ける。リベルトは一瞬どこに座ろうかと迷ったようだったが、隣に腰を下ろした。

軽い話でないことを察し、ドキドキしてくる。何を言われても動揺しないようにしようと自分に言い聞かせていると、リベルトが言った。

「あなたが俺のことを心配して、一緒に眠ろうと言ってくれていることはわかっている。だが、万が一の過ちを犯してしまうことは絶対に避けたい」

「過ちってそんな大仰な……何を避けようとしているの？」

「あなたに、触れてしまうことだ」

真剣な声と表情に、ドキリとする。これまでにリベルトに触れられたことを思い返せば、彼が何を心配しているのかはすぐにわかった。

「わ、私は……その……あのくらいならば、別に……」

「ルーチェ」

リベルトが名を呼ぶ。背筋がビクリと震えるほどの低い声だ。

何を言えばいいのかわからず、そっとリベルトを見返す。彼が手を伸ばし、ルーチェの両手をそっと握ってきた。

大きくて、温かい。すっぽり包み込まれると、たとえようのない安心感がやってくる。

「あなたが、俺を弟として愛してくれていることはわかっている。家族の一員として、性を意識してしまう男の事情にも理解を示してくれているつもりだろう。だが俺は、何度も言うようにもう二十五歳だ。あなたの中では十五歳のまま変わっていないのかもしれないが、身体も心も――十年、経っている。青臭い性衝動はもう終わっている」

（ならば、リベルトが私に触れたくなる理由って……）

リベルトの指が、手の甲をそっと撫でてきた。戯れるような仕草なのになぜか官能的に感じられてゾクゾクし、反射的に手を引いた。大して力を入れているようには見えないのに、その手から逃げることはできない。

リベルトが苦く微笑する。

「こんなふうに、あなたを力で押さえつけることができるようになった。……あなたが傍にいると、俺は確かによく眠れる。だが同時に、あなたに触れたくなる。あなたにくちづけて、胸を揉んで、全身を可愛がって、あなたの足を開かせて、俺のものを突き入れたくなる」

露骨な物言いは、自分にはっきりとわからせるためだろう。ルーチェは顔を赤くするが、今度は逃げる素振りは見せない。

（だってリベルトは、こんなに真剣に私と話してくれているのだもの）

ルーチェは唇を引き結び、真剣な瞳でリベルトを見返した。

「あなたが俺を家族として信頼してくれていることは、とても嬉しい。それは本当だ。だがそこに甘えて、あのときのセストと同じように……あなたの嫌がることは、したくない……」

十年経っても、セストに無理矢理奪われそうになったときの恐怖は鮮明に思い出せてしまう。そのときの嫌悪感と恐怖を思い出して身体が大きく震えると、リベルトが痛ましげに眉根を寄せた。

「……嫌なことを思い出させて、すまない……」

「謝らないで。私が乗り越えられていないだけよ。私が弱い……だけ……」

リベルトが小さく首を横に振り、ルーチェの頭を胸元に抱き寄せた。

「あなたは弱くない。弱ければ、この国に連れてこられたときに絶望して、自害でもしていただろう。俺は、あなたの芯の強さを尊敬している。だから、あなたを傷つけることはしたくない。あなたを……」

リベルトが言葉を区切る。どうしたのだろうと心配になって顔を上げようとするが、彼の手が頭を胸に押さえつけたままで、できない。

リベルトが緊張していることが、密着しているからよくわかった。同時に、胸元に顔を押しつけられているから、彼の鼓動が速まっていることもわかる。

あまりいい予感がせず、ルーチェも自然と息を詰めた。

（動揺しては駄目よ。リベルトのためになることならば、何だってして……）

「……俺が、あなたを……愛している、から……」

一瞬、息が止まった。何を言われているのかわからず、茫然（ぼうぜん）としてしまう。

（今……今、私を愛しているって、言った……？）

顔を上げようとして、できない。今度は確かめるのが怖くてできなかった。

ルーチェはリベルトの寝間着の胸元を、右手でぎゅっと強く握り締めた。確認して、もしそれが自分の願う関係性と違ったら、どうすればいいのだろう。

（どうもしないわ。皇妃の座を返上して、リベルトの傍から離れて……）

心を決めて、ゆっくりと顔を上げる。

見上げたリベルトは、こういうときに限って感情を読み取らせないような無表情だ。それでも緊張した空気は伝わってくる。

「……それは、家族、として……？」

リベルトがゆっくりと唇を動かして答えた。

「違う。あなたを、一人の女性として愛している」

しばらく呼吸ができなくなってしまうほど、ぎゅっと胸が詰まった。ルーチェがどんな反応をしてくるのかを、リベルトもまた、息を詰めて待っている。

「……それでいい、の……？」

リベルトが訝しげに眉根を寄せた。ルーチェはかすかに唇を震わせて続ける。

「だって……いいの……？　私のせいでジーナさまはいなくなってしまって、よくわからないうちに私は仮死状態になってしまって……あなたを、十年も一人にしてしまったのよ。私のせいで、あなたに辛い思いをさせてしまった。それなのに、いいの……？」

「母上が亡くなったのは、あなたのせいではない。すべての原因はセストで、この国の皇族で、権力者だ。あなたが罪悪感を抱く必要はまったくない」

「でも……！」

「俺の傍にあなたがいてくれることが、今の俺の望みだ。だが、罪の意識で傍にいるというのならば、やめてくれ。そして俺のことを家族としてしか見れないというのであれば、一緒には眠れない。……あなたが、選んでくれ」

選択権はルーチェにあると、リベルトは言う。ルーチェは唇を強く引き結んだ。

（ああ、私は罪深い……）

ジーナを死に至らしめた原因の一端は、確かに自分にある。それがわかっているのに、彼がこんなふうに求めてくれるのならば、応えたい。

（私も、あなたを弟としてではなく――一人の男の人として、愛していると気づいたから）

「……私……」

リベルトがさらに息を詰める。だが急がせることはしない。どんな答えを返しても、すべて受け止めてくれる感じがした。

「私もあなたのこと……あ、愛している、わ……。もちろんそれは家族としてではなくて、一人の男の人として……気づくのが遅くなってしまったけれど、私もあなたと同じ……」

直後、リベルトが両手で頬を包み込みながら強引に上向けて引き寄せ、くちづけてきた。続けようとした言葉は彼に飲み込まれ、くぐもった喘ぎに変わる。

いつにない情熱的な激しさでこちらの唇を開かせ、口中に舌をねじ込んでくる。戸惑っている間に舌を搦め捕られ、舐め合わされ、口中を掻き回すように味わわれた。

くちづけの快感によって、全身の力が驚くほどあっという間に奪われてしまう。角度を変えて何度も与えられるくちづけは呼吸も飲み込み、頭がクラクラしてくる。

ルーチェはリベルトの胸に全身を預けた。

「……は……ふぅ……ん……っ」

名残惜しげに最後まで舌先を触れ合わせながら、ようやくリベルトが唇を解放してくれる。はぁはぁと荒い呼吸を繰り返しながら潤んだ瞳で見返すと、リベルトが低く呻き、再びくちづけてきた。

「……ん……んぅ、ん……っ」

先ほどよりはだいぶ激しさは落ち着いたものの、それでも慣れない身体にはすぎるくちづけだ。呼吸が上手くできず、喘ぎながら大きく口を開いても、彼は解放してくれない。

リベルトはくちづけながら、ルーチェをベッドに押し倒した。

「ふ……んん……っ！」

唇をくちづけで塞いだまま、リベルトの手が寝間着の生地越しに胸の膨らみを掴んだ。柔(やわ)らかさを確認するように大きな掌(てのひら)で包み込み、揉み込む。

くちづけで喘ぎは飲み込まれてしまうが、胸を揉まれると不思議と気持ちがいい。

布地越しに乳首を見つけられ、掘り起こすように摘(つま)んで指の腹で扱(しご)かれる。新たな快感に上体がわずかに仰(の)け反(ぞ)り、震えた。

「ん……っ、んぅ……ん……っ！」

二つの粒を指で弄(いじ)られ続け、目尻から快感の涙が零れ始める。それに気づき、リベルトがようやく唇を離した。

「……すま、ない……急ぎ、すぎてる、な……」

掠(かす)れた声が、彼の欲情を教えてくれる。欲しくてたまらない気持ちを必死に抑えてくれていると、女の本能で察し取れた。

ルーチェはぐったりとベッドに横たわったままで、伏し目がちに首を横に振った。

「……急いで、いないわ……だって、ずっと我慢してくれていたのでしょう……？」

「……ああ、そうだ。ずっと……ずっとあなたを抱きたかった……」

リベルトの右手が喉元を撫で、そのまま胸の谷間に向かって下りていく。指が襟(えり)ぐりに引っかかって素肌に触れられなくなると、小さく舌打ちした。まるでこのまま寝間着の生地を引き裂かれそうだ。

荒々しさを感じるのに、恐怖はない。セストに襲われたときのような嫌悪感も怖気もない。それどころか、この激しさで求められ、奪われたらどうなるのだろうと――甘い疼きが下腹部に生まれる。

「私……あ、なたが初めてだから……どうしたらいいのかわからなくて、嫌がる素振りもしてしまうかと思うけれど……で、でも、あなたが嫌というわけではないの。それだけは誤解しないで……？」

リベルトが軽く目を見開いたあと、自嘲的に微笑した。

「すまない。あなたにそんなことまで言わせていることが、情けないな……」

リベルトが上体を起こす。温もりが離れてやめてしまうのかと慌てると、彼は自分の寝間着の裾に両手をかけ、一気に脱ぎ捨てた。

「……っ！」

無駄な筋肉のない引き締まった裸の上半身が露になり、ドキリとして焦って目を背けてしまう。衣擦れの音がさらに続き、全裸になっているのがわかった。

何気なく目を向け、彫刻像のような整った身体にドキリとするものの、その股間で半起ち状態になっている男根を目の当たりにしてしまい、慌てて両目をぎゅっと閉じてしまう。リベルトがふーっ、と大きく息を吐いてから、手を伸ばしてきた。

「できる限り、優しくする。が、乱暴にしたら……すまない。俺も、あなたが初めての人、だ……」

驚きで大きく目を瞠(みは)って見返すと、リベルトが目元を赤らめた。

「やり方が下手だったら、すまな……」

「こういうことをするのは、私が初めてなの?」

思わず上体を起こし、リベルトの顔を覗き込みながら前のめりに問いかける。リベルトが不機嫌そうに、わずかに眉を寄せた。

「そうだ。あなた以外の女とこんなこと、気持ち悪くてでき……」

リベルトの唇に、くちづける。勢いがつきすぎて、唇をぶつけに行ったような感じだ。

「嬉しい」

十年、待っていてくれたことが嬉しかった。突然のくちづけに目を瞠るリベルトに小さく照れ笑いをし、ルーチェも寝間着を脱ごうとする。

「少し待って。私も脱……」

「……いや!　俺が脱がす。……脱がせたい」

どちらがしても同じだろうにと思いながら、彼の手に身を委ねる。だがすぐに、それは間違いだったと気づかされた。

（これ……とても、恥ずかしい……！）

リベルトがどこかもどかしげにルーチェの寝間着と、下肢の下着を脱がせた。素肌が外気に触れて少し身震いしたが、すぐにくちづけられて火照りを取り戻した。

リベルトが耳を唇と舌で愛撫しながら、胸の膨らみを改めて両手で包み込んだ。そのまま弾力を確認するように優しく揉みしだき、固く尖り始めた頂を指で擦り立ててくる。

耳中に時々吹き込まれる熱い呼気にゾクゾクしながら、指の愛撫に小さく喘ぐ。リベルトは反応を確認しながら項に唇を移動させ、軽く啄みながら胸元へと下りていく。

「……胸……舐めても、いいか……？　舐めたい……」

そんな恥ずかしいことを聞かれるとは思わず、大きく目を瞠ってしまう。見返したリベルトの目元はほんのり赤くなっていて、男の色気を感じてぞくりとした。

こちらを食い入るように見つめる緑の瞳には、息を呑むほどの強い獣性が感じられた。ルーチェを求めながらも、理性を保とうとしてくれていることがよくわかった。

気遣ってくれる優しさに応えたくて、ルーチェは真っ赤になりながらか細い声で言った。

「……リベルトなら私に……何をしても、いいの……」

「……っ」

リベルトが小さく息を呑んだあと、濡れた舌で乳房の丸みを味わうように舐め始めた。

下乳から先端に向かって舐め上げ、尖らせた舌先で乳首の先端を弾くように弄ったあと、鎖骨に向かっていく。ねっとりと執拗なまでに胸を舐め回しながら、両手は背筋や腰の窪み、太腿や膝、内腿などを撫でる。

「……あ……あぁ……」

じんわりと甘い疼きが全身に広がっていき、秘所がじっとりと濡れていく。自然と腰が揺れた。

リベルトが不意に右の乳房にかぶりつき、口中で激しく乳首を嬲ってきた。上下左右に舐め回され、強く吸われ、堪えきれずに大きく喘ぐ。

「……あぁ！」

リベルトが一瞬ビクリと身を強張らせたが、快感の喘ぎだと理解すると左胸を大きな手で弄ってきた。

根元をきつく握りながら飛び出した先端を人差し指で押し揉み、撫で回す。口と舌、指で乳房を同時に攻められる。未熟な身体は戸惑いながらも確かに甘い快感を覚え始めて、疼き出した。

「……や……あ、あ……ぁ……駄目……胸、そんなにしたら……駄目……っ」

快感を覚えることに本能的に怯え、ルーチェは両手でリベルトの頭を掴んで引き剝がそうとする。だがほとんど力の入らない両手は、夕焼け色の艶やかな髪を握り締めるだけだ。それどころか、まるでもっとと願うように、端整な顔を胸に引き寄せてしまっている。

　無意識だから気づけていない。リベルトが嬉しそうに小さく笑い、胸への愛撫を激しくした。

　片方を人差し指と親指で強く摘まれ、片方に甘く歯を立てられる。刺激的な愛撫にルーチェは上体を大きく反らし、小さな絶頂を迎えた。

「……あ……ああっ！」

　全身を巡る甘い快感に打ち震える。リベルトはその震えが収まるまで、今度は優しく胸を愛撫する。

　ちゅ……っ、と乳首を軽く吸ってから顔を上げると、リベルトは優しく唇にくちづけた。

「気持ちよくできたか……？」

　恥ずかしくて何も言えない。淡い涙を浮かべたままの瞳で軽く睨みつけてしまうと、リベルトは反撃するように舌を絡め合う官能的なくちづけを与えてきた。

　くちづけに酔わされて、再び身体から力が抜ける。リベルトが腰を両手で撫で下ろし、そのまま内腿へと潜り込ませた。

「……あ……っ」

　軽く膝を開かされ、その隙間にリベルトが入り込む。足を閉じられないようにしながら、片手が淡い茂みを擽ってきた。

　一気に緊張が戻り、震える瞳を向ける。リベルトが頬やこめかみにくちづけた。

「……怖いか……?」

「……少しだけ……だ、大丈夫だから……し、して……」

「気持ちよくなれるように努力する。だがどうしても嫌だったら……言ってくれ」

小さく頷いて、目を閉じる。

リベルトは自分に酷いことは絶対しない。だったら彼の指が与えてくれる快感を少しでもすくい取って、身体に覚え込ませたい。

(あなたで感じていることを……知ってもらいたいの)

息を乱し、喘ぎ、快感に震えるのは、触れるのがリベルトだからだ。それをわかってもらいたかった。

リベルトは反応を確認しながら、ゆっくりと淡い茂みを掻き分け、秘められた場所へと指を潜り込ませた。指先が割れ目に押しつけられ、ふにふにと優しく撫でてくる。

自分でもまともに触れたことのない場所に触れられる恐怖にはじめこそ震えたものの、頬や項、耳に優しいくちづけを与えられながら撫でられ続けると、だんだんと緊張も緩み、強張りも解けていく。

「……あ……」

蜜壺(みつつぼ)の入口からじんわりと広がっていく甘い疼きが、全身を蕩(とろ)かせていく。小さく喘ぐような吐息を漏らすと、リベルトが割れ目を押し開くように少し強めに擦り立てた。

いつの間にかそこからは蜜が滲み出し、指を受け入れるかのようにしっとりと潤んでいた。リベルトは自分の指をその蜜で濡らす。そしてすくい取った蜜を花弁の奥に隠れている花芽にそっと塗りつけた。

「……んぅ……っ？」

初めて知る甘いながらも強い快感に驚き、リベルトを見返す。リベルトは安心させるようにルーチェを見つめながら、指を動かした。

「この小さな突起が……女の弱いところの一つ、らしい……。気持ちよく……なってくれ」

「……や……あぁ、ん……っ！」

円を描くように指の腹で柔らかく撫でられる。肌がざわめく快感がやってきて逃げ腰になるが、リベルトが優しく重みをかけてきて、逃げられない。

「……リベル、ト……っ、それ……ぃ、や……っ」

「……ああ。それでいい、はず、だ……」

リベルトが熱い息を吐き、徐々に頭をもたげ始めた花芽を人差し指と親指、そして中指でそっと摘んだ。蜜を塗られてぬるつくそこを、そっと擦り立てる。

「……あっ、あ……あ、駄目……っ」

初めて知る強烈な快感にどうすればいいのかわからず、涙目で見返す。リベルトはわかっていると熱い吐息混じりの声で返しながらも、指を止めない。

「や……駄目……駄目、よ……もう、弄っちゃ……駄目……！」

首を小刻みに左右に打ち振り、淡い涙を零して嫌だと嘆願するのに、リベルトはやめない。

「ルーチェ……ルーチェ、可愛い……あぁ、もっと可愛く啼いて、くれ……っ」

「……嫌……あ……駄目……っ。も、駄目……しない、で……っ」

不意にリベルトが、きゅ……っ、と花芽を強く押し潰した。直後、脳天を突き抜ける快感が走り抜け、ルーチェは大きく喘ぎながら仰け反った。

「……あぁっ!!」

小さな絶頂を迎えて身を強張らせ、しばし戦慄いてからぐったりとシーツに沈み込む。蜜がとぷりと溢れ出し、割れ目を伝って後ろの穴がしっとりと濡れていくのがわかった。

何が起こったのかわからず茫洋とした瞳でリベルトを見返すと、彼はどこか驚いた顔でルーチェを見つめている。

「……達った……のか……？」

それがどういうことなのか、性に関して未熟なルーチェにはよくわからない。小さいとはいえ初めての絶頂を迎え、呼吸を整えるだけで精一杯だ。

リベルトは花芽を弄っていた指を引き寄せ、それがじっとりと蜜で濡れていることを確認する。そして引き寄せられるように舌を出し、蜜を舐めた。

棒状の飴菓子を味わうかのような舌の動きがとても卑猥で、ルーチェは頭が沸騰しそうな羞恥と男の色気を感じ取る。ぢゅ……っ、と指をくわえて蜜をすべて舐め取ると、リベルトは小さく呟いた。

「これが、あなたの味……頭の芯が蕩けるような味、だ。病みつきになりそうだ……」

熱に浮かされたように小さく呟いたリベルトの目が、細められた。その目尻に強い執着の色合いが見えたような気がして、背筋がぞくりとする。

リベルトがルーチェの胸の谷間に右手を押しつけた。大きな掌の感触にビクリと震えると、リベルトはその手を腹部に下ろしていく。

撫でられる感触に感じて身震いしていると、リベルトが不意に膝裏を摑んで足を大きく広げた。股間が恥ずかしいほど開かれ、快感に火照った意識が一瞬正気に戻る。

「……や……っ」

これでは恥部が丸見えになってしまう。隠そうと慌てて両手を伸ばすより早く、リベルトが何の躊躇(ちゅうちょ)もなく秘所に顔を埋めた。

「リベルト……っ⁉」

ちゅ……っ、と愛おしげに軽くくちづけられた直後、尖らせた舌先が花弁や花芽を激しく味わってくる。先ほど指で触れられていた場所を、今度はぬめってほどよい弾力のある舌で弄り回され、息を呑んだ。

「……んん……っ⁉」

まるで飢えた獣のようにリベルトの舌が花芽を弾き、唇で啄み、ねっとりと舐め回す。花弁を左右の指でそれぞれ捕らえると押し開き、ぐにっ、と舌を押し入れてきた。

蜜壺の浅い部分を舌が掻き回し、侵入できるところまで入り込む。鼻先で花芽を擽りながら、リベルトが蜜を啜った。

じゅるるっ、とわざと水音をさせるように啜られる。

「……リベルト……駄目……っ！　そ、んなこと……やめ、て……汚い……っ！」

強烈な羞恥心と快感が混ざり合って、襲いかかってくる。惑乱の涙を散らしながら手を伸ばし、リベルトの髪を摑んで顔を引き剝がそうとした。

リベルトが花芽を唇で挟んで扱く。

「……んぅ、あ……やぁ……！」

リベルトの唇と舌が動くたび、蜜が絡む淫らな水音が高く上がる。時折啜られる音も重なって、ルーチェは彼の髪を摑んだまま身震いするしかない。

頭皮が引きつれる痛みがあるだろうにリベルトは文句一つ言わず、それどころかその痛みに煽られたかのように口淫を激しくした。

「……あ……やぁ……も、駄目……駄目、私……何か、きちゃ、う……っ!!」

やってくる絶頂をどうやり過ごせばいいのかわからず、ルーチェは大きく目を瞠って胸を反らす。いつの間にかリベルトの逞しい肩の上に両膝が乗り、爪先がきゅうっと丸まった。

「……あ……あぁっ!!」

腰を震わせて達した身体が、ビクンビクンと跳ねる。リベルトはルーチェの両足に腕を器用に絡めて逃げられないように固定し、溢れ出す蜜を味わった。

「これは本当に……病みつきになる……」

ペロリと口端についた蜜を舐め取り、リベルトが小さく笑った。

はあはあと荒い呼吸を繰り返す間も短く、再び蜜口(みつくち)を味わわれる。そして今度はほぐれた花弁の中に、中指が、つぷ……っ、と押し込まれた。

「……んん……っ!?」

リベルトの舌は、達して敏感に凝(しこ)っている花芽を舐め回し続けている。間断なく与えられる快感に加え、新たなそれが加わり、ルーチェは大きく目を瞠った。

「あ……な、に……っ？」

異物感に戦慄いたのは、一瞬だ。まるで元々それが身体の一部だったかのように、すぐにしっくりと馴染む。それだけ蜜壺がほぐれている証なのだが、そんなことはルーチェにはまだわからない。

リベルトがちゅ……っ、と花芽を軽く啄んでから、問いかけた。

「……苦しくは、ないか……？」

秘所から顔を上げないままの問いかけは、熱い呼気が花弁や入り口を掠(かす)めて、それだけで感じてしまう。頷く代わりに身を震わせると、リベルトは嬉しそうに小さく笑った。

「……中が、想像以上に熱い……それに、よく濡れて……ああ、こんなに音がするほど、ぐちょぐちょだな……」

「……ひ……ぁ……っ」

肉壁を擦りながら中指が引き抜かれ、再び押し込まれる。何とも表現しようのない甘い快感と刺激に、ルーチェは涙を散らした。

「……や……駄目……それも、駄目……っ。指、動かさない、で……っ」

お願い、と喘ぎながら嘆願する。だがリベルトは煽られたかのように荒い呼吸を繰り返しながら再び花芽を舐め回し、指を出し入れするのだ。

「あっ、あっ、あ……っ！」

人差し指も入り込み、こちらがひときわ強い反応を返す場所を探すように肉壁を擦り、突いてくる。長く骨張った指の腹で花芽の裏側の辺りを擦られるのが、一番快感が強かった。

「……あ……や……嫌、何か、くる……っ」

「……ん……ああ、いいんだ。そのまま……」

「駄目、駄目駄目！　駄目ぇ……！」

リベルトの指が、一番感じる場所を強く押し上げた。同時に花芽を唇で挟み込みながら吸い上げる。

腰をせり上げ、全身を力ませて、達する。先ほどよりも戦慄きは強く、ルーチェは大きく胸を上下させた。

「……あ……あ、あぁ……」

ガクガクと全身を震わせ、茫洋と見開いた瞳から快楽の涙を零す。リベルトは宥めるように花芽を舐めたあと、指を引き抜いた。

蜜壺から溢れ出した蜜が透明な糸を引く。それを愛おしげに舐め取ると、リベルトは再度蜜壺に指と舌での愛撫を与えてきた。

「や……ぁ……！　も、無理……無理ぃ……っ！」

喘ぎ声の合間にやめて欲しいと哀願するが彼は聞かず、それからも数度、絶頂を教え込む。もう自力では腕も上げられないほど、身体と心が蕩かされる。内腿はじっとりと濡れているが、そのほとんどが自分が零した蜜ではなくリベルトの唾液であることがたまらなく恥ずかしい。極上の美酒でも味わうかのように、彼はルーチェの蜜を味わったのだ。

（身体……じんじんして、もうおかしくなり、そう……）

「……ルーチェ」

呼びかける声が切迫した響きを孕んでいる。その響きに、ぞくりと背筋を震わせた。

濡れた瞳を向けると、リベルトがそっと身を重ねてきた。同時に蜜口に熱く固いものが押しつけられる。

（……これ……っ）

「ルーチェ……見てくれ」

リベルトが何かに耐える表情をしながら、言う。何を促されているのかを悟り、恐る恐る下肢へと目を向け、息を呑んだ。

割れ目に添うように押しつけられた長く太く雄々しいものは、想像していたものよりも大きい。こんなものを受け入れられるのかと、本能的な恐怖に身を強張らせてしまう。

「……リ、リベルト……」

「怖いか」

怖い、と頷こうとしてしまい、慌てて唇を引き結んで首を横に振る。これも、リベルトだ。

「……び、びっくりしている、けれど……リ、リベルトのもの、でしょう……？　お、大きい、のね……」

拒絶するつもりはないことを知ってもらいたくて、ルーチェは思わずそれに手を伸ばす。掌に亀頭が触れ、熱く湿った感触に慌てて手を引っ込めた。

「……ん……っ」

触れた直後、リベルトがひどく色っぽい呻きを漏らす。不快にさせてしまったのかと慌てて謝れば、彼は小さく笑った。

「違う。あなたの手が気持ちよかった」

「……そ、それなら……触るのがいい……のかしら……？」

ここまでとても気持ちよくしてもらった。自分ができることで彼も快感を覚えてくれるのならば、そうしたい。

リベルトが苦笑した。

「あなたは変なところで大胆、だな……」

「ご、ごめんなさい……」

「いや。おかげで俺があなたを求めやすくて助かる。……俺を弄ってくれるのは、また次のときに頼む。今は……俺があなたに……したい」

ずりっ、と男根が割れ目に擦りつけられた。腰を緩やかに動かして、リベルトが裏筋で花弁を擦り、亀頭で花芽を押し上げる。

指とも舌とも違う形と熱に、ルーチェは両手を胸元で握り締める。

「……はっ、は……ぁ、ルーチェ……っ」

耳脇に両手をつき、リベルトが腰を揺らす。目元を赤くし、息を乱しながら動く彼の様子を見ているだけで、酷く感じてしまう。自分の身体で、リベルトが快感を得ている——それが、とても嬉しい。

気づけば軽く腰を浮かせ、自分から恥部を密着させている。

蜜壺が新たな蜜を滲ませ始めた。それが肉竿に絡み、リベルトが動くたび、ぬちゅぬちゅと淫らな音を作り出した。

「……ああ……ルーチェ……出す、出すぞ……っ」

「……っ!!」

リベルトが急に身を離し、肉竿を片手で摑んで支え、呻いた。鈴口から白濁が迸り、恥丘や蜜口を熱くどろりと濡らしていく。

「……はっ、は……っ」

根元を扱いてすべて吐き出しても、リベルトの男根は萎える様子がない。ルーチェは秘所を濡らす熱に感じ入って、小さく身を震わせる。

（でも……おなかの奥が、切ない……）

本能的な怯えが確かにあるのに、リベルトのそれを身体の奥深くに受け入れたくなる。きゅんっ、と蜜壺の奥が切なく疼き、ルーチェは驚きに軽く目を瞠った。

まるでその反応を待っていたかのようにリベルトがルーチェの腰を両手で摑み、一気に引き寄せて——男根を飲み込ませる。

「……あー……っ!!」

衝撃に驚き、身体が強張る。みちみちと押し広げられる圧迫感と痛みに、大きく見開いた瞳から涙が零れた。

「……すまない、ルーチェ……だが、俺を、受け入れて……くれ……っ！」

リベルトが激しくくちづけ、逃げようとする身体をきつく抱き締める。少しでも痛みを長引かせないためか、根元まで一気に飲み込ませてきた。

「……ルーチェ……ルーチェ……」

行き止まりまで入り込むと、すぐには動かず、きつく抱き締めたまま何度も舌を絡めてくちづけてくる。同時に胸や腰、背中を撫でて、感じる場所を優しく刺激してきた。

弾む息を何とか整える。身体の中に入り込んだ異物は、しかし不思議と馴染むのが早かった。まるで、自分の中の形に合うよう誂えたかのように。

（熱くて、固くて……脈打ってる……）

ルーチェは上手く力の入らない右手を下腹部に下ろし、リベルトが入っている場所をそっと撫でた。ここに、彼がいる。

「……あ……」

そう自覚しただけで、蜜壺の奥がきゅっ、と疼いた。それは中に入ったままの肉竿を計らずとも締めつけて、さらに奥へ導くような動きになる。

リベルトが息を詰めた。

「……きつ……」

思わずといったふうに零れた言葉に、とても申し訳ない気持ちになる。自分の身体が女として未熟なために、彼にひどく耐えさせているのはわかるのだ。

「……ごめ……なさ……」

「謝るな」

リベルトがすぐさま包み込むように抱き締めて、頬や額、目元にくちづけてきた。

「あなたは男を受け入れるのが初めてなんだ……食いちぎられそうにきついのも、当然だ。あなたは何も悪くない。あれだけ蕩けさせても……やはり辛い、のか……？」

痛ましげな眼差しが、ルーチェを優しく労ってくれる。そうか、初めて男を受け入れるのならば、この痛みは当たり前なのか。

「……あ、愛し愛される者同士の交わり、は……とても素晴らしいものなのだって……ほ、んに……書いてあったわ……」

ジーナとともに読んでいた恋愛小説の中に、初めて結ばれたヒロインとヒーローがそんなことを言い合っていた。ジーナも同じことを言っていた。

「何度もしたら……きっと、素晴らしいものに、なるのよ、ね……？　あなたが何度もしたくなる……ように、私も……が、んばるわ……！」

直後、ばたりとリベルトが倒れ込んできた。首筋に顔を埋めて、かすかに震えている。自分の未熟な蜜壺が、彼に何か痛みを与えているのだろうか⁉

「……リベルト……っ⁉」

「駄目だ。今は俺の顔を見るな。とても……だらしない顔をしている……」

そんな言葉で安心できるわけがない。強引に見返そうとしたところ、リベルトの唇と舌が耳を愛撫し始めた。

弱い場所の一つだ。濡れた舌が強引に耳中に押し込まれ、ぐちゅぐちゅと舐め回してくる。それだけでも身震いするほど感じてしまうのに、熱く掠れた声で名を呼びながら愛していると囁かれたらたまらない。

「……あ、駄目……リベルト、耳……は……っ」

耳朶を甘噛みされ、遠のいていた快感を思い出す。ゆっくりとだが確実に疼痛が薄れ始めた。

丁寧な愛撫をあちこちに与えられると、蜜壺の強張りが少しほぐれていく。リベルトが大きく息を吐き、上体を起こした。

「動いて、いいか」

眉根を寄せた表情をみとめ、断る気などまったくしない。これから自分がどうなるのかと少し怖く思いながらも、ルーチェは小さく頷いた。

ずるり、と男根がゆっくりと引き抜かれる。先端の括れまで引き抜くと、入り口をほぐすように軽く掻き回された。

「……あ……んぅ……っ」

しばらくそうしたあと、今度はずぬぬ……っ、と同じほどゆっくりと入り込んでくる。根元まで入ると、腰を小さく押し回してきた。

「……あ……やぁ……っ」

引き締まった下腹部や二つの袋に花弁や花芽が擦られ、甘苦しい快感がじんわりと全身に広がってくる。

「……可愛い……」

リベルトが情欲に濡れた瞳で食い入るように見つめながら、ふと、呟いた。何だか急に気恥ずかしくなって顔を赤くすると、蜜壺がぎゅっと締まる。

リベルトが息を詰め、微苦笑したあと――額にかかった前髪を掻き上げ、唇を舐めた。

「……悪い、もう……我慢、できそうにない……」

「い、いいの……ここまで、たくさん優しくしてくれたから……リベルトの、したいように、し……ああっ⁉」

ごちゅんっ、と亀頭が子宮口を一気に押し広げてきた。衝撃に仰け反ったルーチェの両手を掴んで引きながら、リベルトが腰を打ち振る。

「……あっ、あっ、あっ！」

抽送(ちゅうそう)は激しく、突き入れられるたびに乳房が揺れ動くほどだ。リベルトは膝をルーチェの太腿の下に押し入れて腰が軽く浮くような体勢にさせながら、強く大きく腰を打ち入れてくる。

「……ルーチェ……ルーチェ……！」

荒い呼吸とともに名を呼ばれるだけでも、小さな絶頂がやってくる。

「……あ……あー……っ!!」

爪先を丸めて太腿でリベルトの腰をきつく挟み込みながら、ルーチェは達した。だがリベルトは蜜壺の引き込むような動きに煽られ、押し潰すように上体を倒して抱き返しながら、さらに腰を動かす。

「あぁ……っ！　あーっ!!」

蜜口が上を向くほど深い挿入だ。リベルトの形がよくわかり、同時にどれほど自分を欲しがっていたのかを教え込まれる。

「や……っ!!　今、動いた、ら……私、おかしくなっちゃ……ああっ!!」

達してうねる蜜壺の中を、リベルトは容赦なく攻め続ける。

「ああっ!!　あー……っ!!」

「ああ……ルーチェ、また達した、な……可愛い……っ」

箍（たが）が外れたように、リベルトが激しく腰を打ち振る。いつまで経っても硬度を保ち続ける肉棒で狭い蜜壺を出入りし、感じる場所を見つけると執拗に攻めてきた。

「……あ、あ……そこ……そこ、は……っ」

「気持ち、よさそうだ……すごく、可愛い……」

リベルトがくちづけながら、そこを集中的に攻め立てる。ルーチェは彼の首に両腕を絡ませてきつくしがみつきながら身震いし、達した。

蜜壺のきつい締めつけにリベルトが呻く。

「……は……っ、頭が、おかしくなりそうだ……ずっとあなたと、こうしていたくなる……」

「……や……あ、もう無理……」

ルーチェが何度達しても、リベルト自身は達しない。その程度ではまだ足りないというようにきつく抱き締め、深いくちづけと抽送でルーチェを乱れさせる。

もう駄目、死んでしまう、と泣きじゃくるように喘いでも、リベルトは離さない。それどころかともに死ねるのならば本望だと囁き返して、最奥を穿ち——ようやく熱い精を放ってくれる。

声が掠れ、力もほとんど入らない。ぐったりとシーツに沈み込んだルーチェの上に、リベルトも倒れ込む。すぐに重みをかけないように腕に力を入れてくれたものの、その息は荒く、全身汗まみれで熱かった。

「……ルーチェ……」

応えることもできない唇に、優しいくちづけが与えられる。ちゅ……っ、と軽く啄まれ、舌先で唇を擽られ、そのうち口中に入り込まれて舌を味わわれる。

「……愛してる」

私も、と答えようと思ったのにそれができず——意識が途切れた。


翌日、目覚めたのは昼食前だった。寝すぎたと驚き、慌てて身を起こせば全身がギシギシと強張り、足の間に何か入り込んだような違和感と腰の痛みが襲いかかってきて起き上がれなかった。

ベッドに倒れ伏して動けずにいるルーチェの様子に双子が驚き慌て、アロルドが駆けつける。すぐさま診察をすると同時にリベルトに使いが出され、彼が青ざめた表情でやってきたが、そのときには原因が昨夜の情事のためだとわかっていた。

原因がわかれば双子は真っ赤になって何とも気まずい表情でリベルトを出迎え、アロルドは彼が部屋に入ってくるなり別室に呼び出し、こんこんと説教した。戻ってきたリベルトはひどく申し訳なさげな青ざめた表情で、何度もルーチェに謝ってきた。

昨夜の行為を思い出せば、猛烈な羞恥で消え入りたくなる。だがリベルトはこちらの羞恥心など気にしないで、身体のことを気遣ってくれた。

「本当にすまなかった。どこか傷つけていないか。俺のを受け入れるのは、相当辛かったろう……俺も最後はもうよくわからなくなっていたし……」

獣のように求められたときのリベルトの様子を思い出し、初めて見た男の色気を纏った表情や声に身体の奥が甘く疼く。真っ赤になった顔を覆って俯くと、リベルトはさらに慌てた。

「ルーチェ、すぐに確認させてくれ」

そう言うなりベッドに乗り上がり、寝間着に手をかけてくる。

「違うの！　大丈夫だから!!」

慌てて止めるものの、そのときにはもう上衣のボタンを外されて胸元が露になっていた。健康的な乳白色の滑らかな肌には、リベルトが昨夜吸いついて残したくちづけの痕が、花びらのようにあちこちに散っていた。

見られて恥ずかしくなり、慌てて胸を隠そうとする。だがリベルトが予想以上に強い力で両手首を摑み、阻んだ。

「……俺が、これを……」

肌に刻まれたくちづけの痕を、リベルトは一つ一つ食い入るように見つめる。まるで視姦されているような気持ちになり、小さく身震いする。

リベルトが胸の谷間に残った痕に、指先で触れた。指の腹で優しく撫でられると、昨夜の愛撫を思い出して背筋がゾクゾクした。

リベルトが不意に目を閉じ、眉根を寄せる。名残惜しげに指を離しながら、小さく言った。

「……参った……また、抱きたくなってくる……」

「……え……っ？」

本当に身体が壊れてしまうのではないかと、甘い恐怖に思わず声を上げてしまう。

リベルトが今度は申し訳なさげに眉根を寄せた。謝られる前に、慌てて言う。

「私はあなたの皇妃なのだから、遠慮なんて必要ないわよ！　構わずに来て！」

リベルトが片手で口を覆い、横を向いて呻いた。

「……これまでの我慢よりも、相当きついな……」

正直、身体は辛い。だがリベルトが求めてくれるのならば応えたい。ひたむきに見つめ返すと、リベルトが手を離しながら言った。

「……今夜も、一緒に眠っていいか？　負担をかけないように、する……から」

あどけない子供がおねだりをするような響きを、低い声に感じる。それが可愛い、などと思ってしまうのはいけないだろうか。

まったく拒む気がないことをわかって欲しいがゆえに、ルーチェは笑顔で言った。

「私も一緒に寝たいわ！　抱き締めて眠ってくれると……とても安心する、から……」

リベルトが苦笑を深めた。だがその笑顔には確かに嬉しさも混じっていた。

――温かな唇が目元にそっと押し当てられて、目覚めが促される。目を開ければ、睫（まつげ）が触れ合いそうなほど近くに厳しさを感じる端整な顔があり――けれど、すぐに深い緑の瞳で愛おしげに見つめられ、薄い唇が朝の挨拶(あいさつ)を紡(つむ)いだ。

「おはよう、ルーチェ」

「おは、よう……リベルト……」

「よく眠っていたな。寝顔が可愛かった」

寝ぼけ眼を擦りながら挨拶を返せば、リベルトが小さく笑ってくちづけてきた。そのまま深く官能的なくちづけを続けられ、蜜壺の奥がきゅんっと疼く。

くちづけの合間に熱い息を吐きながら身じろぎすると、蜜口から昨夜、注がれた精が零れ出しそうになり、慌てて下肢に力を入れる。

身体と心が互いを求めて火照る前に、名残惜しげに最後まで舌先を触れ合わせたあと、リベルトが唇を離す。少し潤んだ瞳が彼を求める艶めいたものになっていることに、ルーチェは気づけていない。

「あなたはまだ寝ていていい。俺はもう行かなければならないが……」

「お、起きるわ！　朝食は一緒に食べましょう。今日はこちらに来られるの？」

「ああ。少し面倒な案件が浮上し始めているが……」

伝えるつもりはなかったようで、リベルトはハッと口を噤む。それだけ今は自分に心を許してくれているように思えた。

ベッドから起き上がると、リベルトがすぐにガウンを着せてくれた。ベッドに入る前はきちんと寝間着を身に着けているのだが、それは彼に求められてすぐに脱がされてしまう。

全裸でベッドから出たリベルトは自分でガウンを羽織り、腰紐で緩く止める。寛いだ襟元から引き締まった胸元が見え、昨夜求められたときの姿を思い出してしまい——頬を染めた。

「執務の方は大変なの？」

「……大丈夫だ」

「私が何か手伝えることはある？」

リベルトが少し驚いた顔をしたあと、とても嬉しそうに笑った。

「それも大丈夫だ。だがそう言ってくれて嬉しい。ありがとう、ルーチェ」

飾り気のない礼の言葉が、心を甘く震わせる。リベルトは身を屈め、改めてくちづけてきた。先ほどよりも深く熱く、官能的で長い。

「……ん……リベルト……駄目……執務がある、のでしょう……？」

蕩けてしまいそうになるのを何とか堪えながら、くちづけの合間に窘める。彼が求めてくれるのならばいくらでも応えたいが、執務の支障になるのは駄目だ。

リベルトも我に返り、微苦笑しながら唇を離した。

「そうだな。執務がある……夜まで、我慢しよう。だが、夜が来たら……」

（また今夜も、求めてくれる、のね……）

リベルトはほぼ毎日離宮に帰ってきて、ルーチェと夜をともにする。帰りが深夜になるときは、身体を求めることなく隣で眠るだけだ。

早く出掛けなければならないとき以外は、朝食を一緒にとる。そんな毎日を過ごすようになって、そろそろひと月が経とうとしていた。

頃合いを見計らって双子が訪れ、ルーチェたちの朝の身支度を手伝ってくれる。すでに食堂には朝食が用意され、温かく美味しいそれらを他愛もない話をしながら——大抵においてリベルトは聞き役で、もっぱらルーチェが話すばかりなのだが——食べ進める。そして皇城に向かうリベルトを見送る。ここ最近の朝は、こんな感じだ。

（毎晩一緒に眠って、朝食を一緒に食べて、そして出掛けるのを見送る……ごく普通の夫婦のやり取りなのに、とても幸せだわ……）

当たり前の日常を当たり前に過ごすことが、これまでとても難しかった。だからこそ、この平穏を守りたいと思う。そのためにはどうしたらいいのだろう？

今日はエルダが午前中の授業を受け持つ。マナーと、皇妃としての立ち振る舞いなどのレッスンだ。ジーナも貴族令嬢としてのマナーを教えてはくれたが、彼女の生い立ちでは限界があった。双子はルーチェが目覚めたあとに必要な知識を与えられるようにとリベルトに命じられ、完璧に身に着けていた。

エルダが待つ部屋に向かうと、入室からレッスンは始まっている。昨日教えてもらったことを頭の中で反芻しながら室内に入り、用意された教材を元に授業を受ける。

きちんとした勉学はまだまだ大変なことの方が多いが、楽しい。この知識がいつかきっと、リベルトの役に立つと思えるからだろう。

最初は、勉強を始めるのはまだ早いと渋られてしまったが、彼にお願いしてよかったと改めて思う。

（きっと近いうちに、皇妃として表に立つことになるわ。いつまでも政務のすべてをリベルトに任せっきりというわけにはいかないもの）

昼食を挟み、午後の茶の時間までは、教師がイルダに替わって皇族公務についての授業となる。

リベルトの代になって戦は格段に減ったが、元々が戦闘民族のためか、勝利を神に願い請う月祭典などがある。帝国は信心深いわけではなく、この辺りは験かつぎに近いらしい。やらないよりはやっておけ、という意識が根底にあることを教えられ、改めて亡き祖国との違いを見せつけられたような気がした。

「ですが陛下は、仕掛ける戦がないのならば、この月祭典も必要ないとお考えです。この儀式のために組まれている予算を、他のことに使うことを望まれています。帝国は冬の時期が長いために、実りの時期の収穫高によって、食料難に陥りやすいのです」

「……だったら月祭典を廃止して浮いた予算は、例えば……そうね。冬の時期でも育つ穀物とか根菜とかを作る研究にあてるというのは……どうかしら……？」

イルダが満面の笑みで頷いた。

「はい！　陛下はそのようにお考えになり、現在、周辺諸国から有望な研究者を集められようとしています。ですが、まだ実践には至っておりません……」

「とても素晴らしい考えだと思うわ！　どうして実践できないのかしら？」

軽く小首を傾げて考え込むが、すぐに答えはわかった。ルーチェは苦い思いで呟いた。

「……それだけまだ……リベルトの敵が多い、ということなのね……」

イルダが痛ましげに眉根を寄せて、頷いた。

双子たちの話を聞く限り、この十年、リベルトは他国への侵攻は一度も行っていないという。高位貴族たちの中には厳しい冬の時期に何かあってからでは遅いと、略奪を目的として侵攻を進言する者もいるのだが、リベルトは決して了承しなかった。

では万が一、冬の時期に食料難が起こったらどうするのかと詰め寄る彼らに対し、リベルトは帝国内に自由貿易地域を作ったことである程度の安心を与えている。関税を一切かけず、帝国が定めた規約を守れば、様々な物資の店を開けるというものだ。無論、犯罪に関わる可能性が高い薬や武器などに関しては、食料や衣服などの生活品よりも厳しい規約が設けられている。

土地の使用料がないかわりに、期間が決められている。旬の物資に関しては、一度帝国が買い上げて、国内で売るという方法になっていた。一攫千金を狙う商人たちや、まずはここでの反応を見ようとお試し販売などを考える商人などがいて、かなりの成果を上げている政策だという。

だがこの政策に関わった貴族は大半が元々リベルトに好意的な存在ばかりで、身分が低い者たちが多い。この政策に貢献したとして立場が上がった者も多く、追い出されたかつての貴族たちが、不満を抱いているらしかった。それも、リベルトの敵になってしまうのだろう。

「実力のない者は、落ちぶれていきます。それが、この帝国の習わしです。陛下の治世では、実力とは戦で示すものではなくなりました。その変化に対応できない古い考えの者たちは、自然と淘汰(とうた)されていくのです。仕方のないことです」

ルーチェは考え深げに頷く。だがそれを認められない者は、やがてリベルトに刃を向けるのではないか。

「……リベルトは……その、ちゃんと護衛をつけているのよ、ね……？」

「ご安心ください。陛下自身も相当の腕をお持ちです。幼い頃より陛下はかつての皇族に虐(しいた)げられてきました。過酷な日々だったとお聞きしています。その日々が、陛下を鍛えてきたのだと思います」

自分もそれなりに辛い思いをしてきた。だがリベルトはそれ以上だったのだろう。いつもどこかしら怪我をしていたことが、何よりの証拠だ。

（……ジーナさまが亡くなったときのことは、まだ思い出せないのよね……。私に薬を飲ませたのは誰だったのかしら……）

その人物も、リベルトの敵である可能性が高い。誰なのかがわかれば、彼に注意を促せるかもしれない。

目を閉じ眉根を寄せ、必死で記憶を探ってみるが――やはり当時の記憶は混濁（こんだく）していて、強烈なものしか断片的に思い出せなかった。その断片の中に、薬を飲ませた者の姿はない。

ふ、と小さく息を吐いて、ルーチェは気持ちを切り替える。今、他に彼のためにできることはないだろうか。

「お疲れになってしまわれましたか？　少し休憩に……」

「あ、大丈夫よ！　勉強を続けましょう！」

甘やかされていてはいけないと、慌てて顔を上げる。イルダは少し心配しながらも、授業を再開した。

【第六章　喪いかけて気づくもの】

「ルーチェ、少し勉強に励みすぎではないか？　双子が心配していた」

出迎えるなり眉根を寄せて言われてしまい、ルーチェは微苦笑した。

本当に些細（ささい）な変化も、リベルトは見逃さない。いや、些細なことでもきちんと報告する双子たちが優秀なのか。

リベルトが寛げる室内着に着替えるのを、エルダとともに手伝いながら言う。

「あのときは、授業とは関係ないことを考えてしまって……」

「何か気になることでもあるのか」

ずいっと顔を覗き込まれ、微苦笑はさらに強くなる。

「そんなふうに心配することではないの。ただ、もっとリベルトの役に立ちたいなと思って……」

着替えを終えると、気を遣ったのかエルダがすぐに退室した。夕食の準備は整っているため、自分たちが食堂に向かえばすぐに食事はできる。

リベルトがルーチェに向き直り、右手でそっと頬を撫でた。

「あなたのその気持ちは本当に嬉しい。だが、焦る必要はない。まだそのときが来ていないだけだ」

「でも……私は一応皇妃なのでしょう？　なのにいつまでも離宮にこもっているわけにはいかないと思うの。私にできることはまだ少ないけれど、それでもそろそろ皇妃として表に立たないと、あなたの立場が悪くなるのではないかと思って……」

それでなくともリベルトには、それなりの数の敵がいるはずだ。ルーチェを守るために敵をこれ以上増やして欲しくない。

「だから私も皇城に行って」

「――駄目だ。あなたはまだ行かせられない」

「……リベルト！」

「何と言われようと、駄目だ。昔に比べればだいぶよくなったとはいえ、またあなたが日々過ごす場所にはできない。ここにいてくれ。大丈夫だと判断できれば、必ず連れて行く」

「でも……」

引き下がれずに渋っていると、リベルトが頬を撫でながら続けた。

「俺に……もうあんな思いをさせないでくれ……」

その指が、かすかに震えていた。ルーチェが薬を盛られて倒れたことや、ジーナが亡くなったときのことを思い出したのかもしれない。

それはすべて、皇城で起こったことだ。彼にとっては強いトラウマなのだろう。

リベルトの力になりたいが、こんな顔はさせたくはない。同時に、彼の反対を押しきってまで皇城に行ったところで自分にできることもないとわかっていた。ただ、何かあったときにすぐに傍に駆けつけられるよう、彼の傍にいたいだけなのだ。

ルーチェはリベルトの手に自分の手を重ね、すりっ、と頬ずりした。

「我が儘を言ってしまってごめんなさい」

リベルトが小さく首を横に振り、唇に優しいくちづけをくれる。目を閉じて受け止めたあと、ルーチェは気を取り直して笑いかけた。

「今日はデザートを作ったのよ！　甘さは控えめにしてあるから、よかったら食べて」

「母上と一緒に作ったフルーツケーキだな」

思い出が蘇ったのか、リベルトの頬に笑顔が浮かぶ。それにホッとした。


リベルトの表情にかすかに疲労の色を見て取ったのは、それから数日後のことだった。

離宮にいるときのリベルトは、ずいぶんと感情を表すようになっていた。といってもルーチェと違って感情豊かな表情になることはほとんどなく、双子やアロルドの前などでは表情筋が動くことの方が少ない。

それでも、声音や纏う雰囲気がずいぶん柔らかく優しくなった。ルーチェの前では寛いだ表情も見せてくれる。

常に少しでも気遣われることがないよう、振る舞っていると感じていた。なのに疲労の色を感じ取らせたのだから――かなりの負担がかかっているはずだった。

肉体的な疲労か。それとも精神的な疲労か。

肉体的なものならば、毎晩の情事を休ませた方がいいと思い、やんわりと断ってみたところ――反対にルーチェに負担がかかっているのかと、ひどく慌てられてしまった。

「俺があなたを求めすぎているか？　だとしたら、ここでじっくり話し合おう。男女の夜の生活は、一度こじれると元に戻すのが大変だと聞く。あなたを求める度合いをどれくらいまで許してもらえるのか、はっきりさせたい。週に何日までならばいいいんだ？　一晩には何回まで許してくれる？」

とんでもないことを真剣な顔で詰め寄られ、どうしたらいいのかわからなくなる。ここで答えを間違えたら、鉄の意思でもって自分に触れないことすらあり得るだろう。

（それは違うわ！）

瞳の奥を覗き込んでくる威力のある視線をひたと見返し、ルーチェは言う。

「体力はずいぶん戻っているわ。だからリベルトが欲しいときに求めてくれて構わないの。

何回でも何日でも、大丈夫よ！」

「……そうか。よかった……」

心底安心したようにリベルトが嘆息する。

「ただ、何だかあなたが疲れているように見えて……身体に負担がかかっているのならば、少し控えた方がいいと思っただけよ」

「では、俺が触れたいと思ったときには触れて構わないのか……」

「ええ！　嫌だと思ったときは正直に伝えるわ。そんなこと、一度も思ったことはないけれど！」

「……そう、か……っ」

リベルトの目元が照れたようにほんのりと赤くなった。自分が大胆な発言をしたと気づき、ルーチェは耳の先まで赤くなる。

リベルトが変わらず真剣な表情で言った。

「それならば、触れたい」

「……え、遠慮せず、どうぞ……」

何だか変な会話だと内心で小首を傾げる。リベルトは嬉しそうに微笑み、一度唇に深いくちづけを与えてから言った。

「あなたが俺に触れて欲しいと言ってくれて、嬉しい。脱がせていいか」

「……っ、疲れて……ないの……？」

襟元のリボンを解かれて、胸が高鳴る。肝心なことを聞き忘れていたことを思い出して問うと、リベルトは当然だと頷いた。

「疲れていない。あなたに触れられると思うと、滾る」

毎晩のように愛されていることを知っているためか、最近、双子が用意してくれる寝間着はとても脱がせやすいデザインだ。リボンが解けると前身頃が開く。続けて腰のリボンが解かれると肩紐のないそれは、ルーチェの滑らかな肌を撫でながら足元に滑り落ちた。

下肢を覆う薄く頼りない下着だけの姿になり、反射的に両腕で自分を抱き締める。リベルトは食い入るように見つめてきた。

視線で全身を撫で回されているような気がしてたまらなく恥ずかしい。

「……そ、んなに……見ないで……」

「俺に見られるのは嫌か……？」

「そうではなくて……は、ずかしい……わ。そ、んなに見なくても……で、できる、でしょう……？」

ふ……っ、とリベルトが小さく笑い、足元に膝をつく。

「確かに、目を閉じたままでもあなたを愛することはできる。だが、あなたの姿はどんなものも見たい。俺の手で淫らになるところも、普段はドレスに隠されて俺だけしか見ることのできない肌も、俺が欲しくて恥ずかしがりながらも求めてくるところも……じっくり、見たい」

リベルトの唇が膝に軽く押しつけられた。ビクン、と小さく震える太腿を軽く啄みながら上がり、腰の括れに唇が押し当てられる。薄い下着はここで紐で結ばれていて、リベルトは一方を口にくわえて引いた。

こちらをじっと見上げながらの仕草に魅入られたように動けなくなっている間に、反対側は指で解かれてしまう。

はらりと下着が滑り落ちていき、慌てて両足に力を込めて内腿を閉じようとする。それよりも早くリベルトが恥丘にくちづけ、そのまま蜜口に向かって顔を埋めてきた。

「……あ……あ……」

熱い呼気が淡い茂みを掻き分け、舌先が花弁を擽り、花芽を探り当ててくる。そのままねっとりと舐め回され、ルーチェは握り締めた右手を口に押しつけた。

リベルトの左手が片方の太腿を掴む。右手は後ろに回り込み、臀部を優しくさわさわと撫で回した。

舌と掌の甘く優しい愛撫に快感がさざ波のように生まれ、全身を包み込む。俯いた肩口から髪が滑り落ち、それが肌を擽る感触すら心地よかった。

臀部を撫でていた手が割れ目の中に入り込み、後ろから蜜口の中に入り込んでくる。反射的に逃げようとすると、自然と腰を前にせり上げてしまい、意図せずリベルトの唇に蜜口を自ら押しつけ捧げるような格好になってしまった。

気づいて羞恥に身を捩るが、中に埋め込まれた指にぬぷぬぷと出入りされるとたまらない。入り込む角度がちょうど一番感じる部分を突くのだ。

「ここが……あなたのいいところ、だろう……？」

「……あっ、あ……っ！　そこっ、駄目っ！」

縋るものを求めて、リベルトの頭を両手で抱き締めながら身を丸める。だが彼は優しく舌先で花芽を剝き出しにすると――突如、蜜を絡めるいやらしい水音をことさら大きくさせながら、花芽を舐めしゃぶってきた。

「……あ……あっ、あっ！」

指で感じる場所を攻められ、唇で花芽を挟んで扱かれ、口中に含まれたそれを舌先で舐め回される。突然与えられた強烈な快感に耐えられるわけもなく、ルーチェはリベルトの髪をきつく握り締めて達した。

「……あー……っ!!」

ガクガクと全身を震わせながら身を丸めて、彼の上に倒れ込んでしまう。リベルトは危なげなく肩口で受け止めると、ベッドに運んだ。

まだ快感の余韻が残っていて、震えが止まらない。リベルトはベッドにぐったりと横たわるルーチェの様子を満足げに見つめながら覆い被さり、くちづけた。

「可愛い……」

くちづけの合間に感慨深く囁かれると、羞恥がこみ上げてくる。

「か、可愛くなんて……ない、わ……」

思わず反論してしまうと、リベルトが信じられないと目を瞠った。

「どうした。誰かに変なことを言われたのか。双子か、アロルドか？　詳しく教えてくれ。場合によっては罰を与えなければ」

ここで自分たちの世話をしてくれているのは彼女たちしかいないのに、とんでもないことを言う。彼女たちは決してルーチェを貶めることなど口にしないと、少し考えればわかるだろうに。

「み、みんなは私を大切にしてくれているわ！」

「ならばどうしてそんなことを思う？」

誤魔化せない強い瞳を前に、ルーチェは身を縮めた。うっかり零してしまった一言で、かえって羞恥心を高められてしまうとは。

「……は、恥ずかしくて……思わず反論してしまっただけ、なの……ごめんなさい……」

リベルトが再び軽く目を瞠る。だが、すぐに蕩けるほど優しい笑みを浮かべた。

「……今のあなたが、とても可愛い」

ちゅ……、と目元にくちづけられ、肩を竦める。可愛い可愛い、と何度も繰り返し言いながら、リベルトは首筋や肩、鎖骨を啄み、胸の膨らみを両手で揉みしだいた。

耳からは恥ずかしい言葉を、身体には甘い愛撫を与えられれば、心は蕩けてしまう。

「あなたは可愛い。どんなときも、だ。あなたを見ているだけで、俺がこれほど熱くなるくらい、可愛い」

「……っ！」

恥丘に、男根が押しつけられる。腹につくほどに反り返った肉竿は、太く逞しく昂ぶっていた。

もう何度も受け入れているというのに、いつも最初は怯えてしまう。そしてそれをわかってくれているからこそ、リベルトは性急に中に押し入ることはしない。

「いつも……怖がらせてすまない。ゆっくり入るから……」

ルーチェは慌てて首を横に振る。気を遣わせるばかりなのが申し訳なかった。欲しいのは、自分も同じだ。

「気にしないで、私の中に……入って、きて……」

リベルトが息を呑んだ。そのまま きつく眉根を寄せると、低く呻く。

「……そういうのが可愛すぎて……抱き潰したく、なる……っ」

「え……あ……っ」

リベルトがルーチェの身体をうつ伏せにさせた。次には腰を掴んで引き上げる。自然と両手と両膝をついた格好になる。

「リベル、ト……っ？」

リベルトが臀部を掴み、割れ目を押し広げた。すでに先走りを滲ませてぬるついた先端が割れ目をなぞり下りて、ゆっくりと蜜壺の中に入り込んでくる。

「……あ……あー……っ！」

初めての体位での挿入に、全身の肌がざわついた。太く長い肉竿は、いつもとは違う肉壁を擦りながら奥に侵入し、感じる部分をぐりぐりと押し揉んでくる。

「……はぁ……っ、んぅっ」

ずんっ、と根元まで入れ終えると、リベルトが動きを止め、小さく胴震いした。

「……き、つい……苦しい、のか……？」

肩口から伸ばされた右手が、労るように頬を撫でてくる。それにすら感じてしまい、ルーチェは意図せず肉竿を締めつけた。

「……あぁ、あ……っ」

撫でられただけで、こんなに感じてしまうなんて——恥ずかしくてたまらない。

「……ルーチェ……？　大丈夫、か……？」

心配したリベルトが出ていこうとする。感じて身震いしながらも、ルーチェはすぐさま彼の腕を摑んだ。肩越しに振り返る仕草でも蜜壺の中に納まっている男根の形を感じてしまい、快感で涙目になる。

「い、や……そのまま、して……。私を欲しがってくれるのが……嬉しい、から……」

「……だから、そういうことを言うなと……！」

ずんっ!!　とリベルトが奥深くを強く突く。予想以上の衝撃に大きく目を瞠り、ルーチェはシーツに突っ伏した。

肌がぶつかり合う音が上がるほど激しく、リベルトが腰を突き入れてくる。容赦なく腰を打ちつけられるとシーツで乳首が擦られ、気持ちがいい。

与えられる快感に呑まれて、すぐにでも意識が飛んでしまいそうだ。ルーチェは両手でシーツを強く握り締める。

「……あっ、あっ、あ……っ！」

律動に合わせて短い喘ぎを絶え間なく零してしまう。リベルトが片腕を摑み、ぐっ、と引き上げた。

「……ひ……あぁっ!!」

胸が反らされ、亀頭で突かれる場所が変わる。新たな快楽が与えられ、ルーチェは惑乱の涙を零しながら大きく喘いだ。

腕を引く力は強く、蕩けた身体は後ろに倒れ込んでしまいそうだ。もう片方の腕も引かれてしまい、突き上げられる動きに乳房が激しく揺れ動いていやらしい。

しなやかに仰け反(のぞ)った背中に、滲んだ汗が粒となって滑り落ちていく。リベルトが唇を寄せ、汗を舐め取った。

「んんっ！」

その感触にも感じてしまい、蜜壺の締めつけがきつくなる。リベルトが息を詰め、さらに強く腰を動かした。

長い髪が律動に合わせて揺れ動き、霞(かす)む視界に入り込む乳首がいやらしく尖(とが)って赤い。こんなに淫らな身体を、リベルトはどう思うのだろうか。

だが背後から貫かれているこの体位では、彼が今、どんな表情をしているのかがわからない。それが急に不安になり、ルーチェは肩越しに振り返って言う。

「……あなたの顔……見えないのが、い、や……」

「……っ！」

中を蹂躙(じゅうりん)するリベルトの肉竿がさらに膨らみ、固くなった。みちみちと押し広げられる感覚に、淡い涙が零れる。

「……あ……やぁ……これ以上……大きく、しな……い、で……」

「無理だ。あなたが俺のものを、いつも滾らせるんだ……！」

ルーチェが悪いとでも言われているようだ。それだけ淫らなのかと不安になる。

リベルトがルーチェを横向きに寝かせた。上になった足を摑んで縦に割り開き、その間に入り込んでくる。

開かれた仕草で蜜口がぬちゅっ、と小さく水音を立て、リベルトが低く笑った。

「……ああ……すごいな。どろどろだ……こんなに感じて……あなたはなんて……」

いやらしいんだ、と低く続けられて、ぞくりと背筋が震える。それがさらに蜜を滴(したた)らせた。

ルーチェは瞳に涙を溜め、不安で揺れる声で問いかける。

「……こ、んな私は……駄目……?」

「俺のせいでこんなに濡れて、淫らに啼いて、腰を揺らすのならば、嬉しいだけだ。だが、俺以外の男でこうなるのだったら……絶対に、駄目、だ……!」

勢いをつけて、リベルトが容赦なく肉竿を埋め込んだ。一気に最奥(さいおう)を膨らんだ亀頭で押し開かれ、衝撃とともにやってきた快感にルーチェは大きく目を見開いて喘ぐ。

「いいか、ルーチェ。あなたを抱くのは……俺だけ、だ。俺以外の男を受け入れたりした、ら……」

「しない、わ……！　リベルト以外、私に触れさせないわ……!」

乱れた呼吸でルーチェは言う。リベルトが唇を嚙み締め、低く呻いた。

「……あなたは、俺だけのもの、だ……!」

リベルトは下になった足を跨(また)いで押さえつけ、ずんずんと腰を打ちつけてきた。正常位のときとは違う角度で感じるところを貫かれ、深く繫がる。

「あ……はぁっ、ん……これ、深、い……ぃ……っ」

「ああ、とても……深く、繫がっている……だが、この格好も、いい……。あなたの蕩けている顔が、よく見える……」

摑んだ足を片腕に抱き込みながら、リベルトは強靱な腰の動きで追い上げてくる。耐えきれるわけもなく、あっという間に絶頂を迎え、男根をきつく締めつけながら達した。

「……ああっ!!」

「……ふ……っ」

息を詰めて、リベルトが射精をやり過ごす。まだ固く太いままの肉棒に慄くが、身体はビクビクと震えるだけで、上手く動かない。

リベルトが中に入ったままでルーチェを仰向けにさせる。膝を立てて大きく開かせられ、胸の膨らみを自分の胸板で押し潰すようにしながら覆い被さり、両手を指を絡めて繫ぎ合う。

「……ルーチェ」

呼びかけられ茫洋とした瞳を向けると、深くくちづけられた。どこもかしこも深く繫がり合ったままで、リベルトが再び腰を動かす。

「んふっ、ふ……っ、んぅ……っ！」

ベッドが軋む音も、思った以上に大きい。激しく攻め立てられて喘ぎが絶え間なく零れるが、くちづけに吸い取られてしまう。

（……あ……ま、た……私……っ!!）

達する予感を敏感に感じ取って、リベルトの抽送がさらに速く、力強くなった。

唇を塞がれて互いに息苦しいのに、どちらも離す気にならない。それどころか、もっと深く繋がり合いたいというように、舌を絡め合う。

肉体の境界線が曖昧になったような気がする。直後、頭の中が真っ白に塗り替えられるような強い絶頂がやってきた。

「……っ!!」

リベルトの口中に悲鳴のような喘ぎを吹き込み、ルーチェは腰をせり上げて達する。リベルトも繋いだ手に骨が軋むほどの強い力を込めながら、最奥をぐうっ、と亀頭で押し広げ、達した。

熱い精がびゅくびゅくと子宮口を叩く。ルーチェはそのたびに震え、彼は最後の一滴まで注ぎ込むために何度か腰を打ち振る。

すべてを飲み込ませてもリベルトはすぐには離れず、肉竿を中に埋め込んだまま腰を小さく動かした。飲み込ませた精を男根で蜜壺の中に擦り込むように。

見返すと、改めてくちづけられた。そして愛おしげに呟かれる。

「……愛してる、ルーチェ……」

答える代わりに力を振り絞り、ルーチェは自分からリベルトの唇にくちづけた。

それからもリベルトは、ほんのわずかとはいえ疲労の表情を見せるようになった。すぐにいつも通りの無表情には戻るものの、ルーチェは見逃さない。それだけ自分の傍では気負わなくなっているのだと嬉しい反面、やはり心配になってしまう。

リベルトは生い立ちのせいで非常に我慢強い。病気で苦しいときや怪我で辛いときも、倒れるまで耐えてしまう。その方がかえって回復に時間がかかってしまうのに！　と叱っても、ジーナとルーチェには心配をかけたくないと頑張ってしまうのだ。

手を替え品を替えて聞き出そうとしても、何でもないと頑なに拒まれてしまう。ならば双子とアロルドから聞き出せないかと挑戦してみるが、リベルトに口止めされているようで、曖昧な言葉しか返ってこなかった。

（私たち夫婦なのに……私はいつもリベルトにしてもらうばかりで、私がしてあげていることって何もないわ……）

それがもどかしく、哀しい。だがそのことで肩を落としていると、必ずリベルトが気づいて何があったのかと心配されてしまう。せめて不要な心配はされないようにするしかなかった。

（私も、リベルトの力になりたい……）

ここはリベルトにとって、憩いの場だ。だからここにいる間は快適に過ごしてもらいたいと、ルーチェは変わらず様々な工夫をしている。その成果が出ていることは、リベルトの表情や会話から察することができた。

あとここで彼のためにできることは、令嬢教育と妃教育だけだ。いつか皇城で彼の隣に立つときのためにとひたすらに頑張ってきたおかげで、あとは実践するだけだとまで言ってもらえるようになった。

ならば皇城に行こうと提案してみるが、なかなか頷いてくれない。

自分を心配してくれていることはわかる。それは嬉しいし、ありがたい。だが、十年眠り続けていた皇妃が目覚めたのに、いつまでも離宮に引っ込んでいて民の前に姿を見せないのは、よくないのではないだろうか。

打開策を思いつかないまま、日々を過ごす。

――その日はいつも通り、午前中に授業を受けて昼食を済ませたあと、リベルトのために新しいハンカチを作ろうとデザインを思案していた。区切りがついてふと時計を見ると、午後の茶の時間をとうに過ぎている。

いつもならば双子のどちらかが必ず用意して声をかけてくれる。例えばルーチェが何かに夢中になっていて気づかなかったときは、休憩を取るように促してくれるのだ。

だが来た様子がない。何かあったのだろうか。

妙な胸騒ぎを覚えて椅子から立ち上がると、イルダがやってきた。茶と茶請けのケーキを乗せたトレーを持っている。

「ご用意が遅くなりまして申し訳ございません。ルーチェさま、休憩なさってください」

「ありがとう。でも遅くなるなんて珍しいわね。何かあったの？」

「――いいえ、何も。このケーキを作るのにかかる時間を見誤っただけです」

申し訳ございません、と深く頭を下げる仕草が、それ以上の追及を拒んでいた。

この離宮で食事を用意するのは、ほとんどエルダだ。彼女は時間に遅れたことは一度もない。それなのに、調理にかかる時間を間違えることなどあるのだろうか？

気にはなったものの、エルダを追い詰めたいわけでもない。ルーチェは笑顔で改めて礼を言った。

「ありがとう。いただくわ」

（……何か、あった……？）

胸騒ぎがする。こういうときは、素直にリベルトに相談してみよう。今夜もこちらに来て泊まっていくと、朝、言っていた。

だがリベルトは、その夜、離宮に来なかった。どうしても夜会に参加しなければならなくなったとの言付けを、アロルドが伝えてくれた。

彼は皇帝で、予定通りに進まない執務もあるだろう。だが、こんなふうに直前で来れないと伝えられたのは初めてだった。

(何かしら……この嫌な予感は……)

言葉に言い表せない胸騒ぎは、それからずっと収まらない。

ここ最近は毎晩一緒に眠っていた。時には激しく、時には優しく——深く繋がって、愛されて、そして朝を迎えると穏やかな寝顔を見ることができた。

大抵リベルトが先に起きていて、ルーチェの寝顔を見られている。恥ずかしくなって顔を赤くすると、頬や唇に優しいくちづけを与えられながら、挨拶(あいさつ)される。

そんな夜と朝が、当たり前になっていた。

だが今夜は一人だ。二人だとさほど大きく感じられないベッドが、今夜はとても大きく感じられる。それに何だか冷たい。

(変だわ。芽吹きの季節なのに)

それなのに寒い。リベルトと一緒だと、何も身に着けていなくとも、暖かいのに。

(一晩だけの、我慢よ……)

そう言い聞かせて朝を迎えるが、よく眠れた感じはしなかった。そのせいか、すっきりしない一日を過ごすことになる。

彼がやってくる時間には、元気に明るい笑顔を見せなければ——そう思ったのに、この日もリベルトは来なかった。

（もう三日よ⁉　三日間、一度も顔を見せに来ないっておかしいわ⁉）

毎日、アロルドや双子が来られないことを伝えてくれる。理由も、そうなのだろうと納得ができるものだ。

だがそれでも、何かがおかしい。

（私の傲りかもしれないけれど……！　リベルトは、遠く離れているわけでもないのに三日も私に会いに来ないでいることはできないと思うの……！）

どれほど遅くても、顔を見られればそれでいいとやってくるのだ。温もりだけを残していくこともあった。皇城にいるのにそれすらしないとはおかしい。

（何かあったんだわ、リベルトに！）

胸騒ぎが確信に変わる。

ルーチェはすぐさま外出着に着替えた。このドレスを着るのは、初めてだ。

マントを羽織り、フードを被る。ぱちん、とブローチで留めたとき、イルダがやってきた。

「ルーチェさま、陛下は今夜もこちらに来られないと……」

「わかったわ。だったら私の方から行くわね」

イルダが驚き、慌てて止める。強引すぎると自覚しつつも、真剣な顔で続けた。

「リベルトに何かあったのよね？」

「何もございません。今夜は重鎮たちとの会食が……」

「嘘だわ。リベルトが三日も私の顔を見ずに過ごすなんて、あり得ないもの。何か悪いことが起こっていなければいいのだけれど、そうでないなら私にできることを教えて」

イルダが非常に困ったように眉根を寄せる。ルーチェはイルダの腕を掴んだ。

「リベルトに何があったの⁉」

しばらく待ってみるが、イルダは何も言わない。ルーチェは荒く嘆息すると、彼女の脇を通り過ぎた。

「出掛けるわ」

「いけません、ルーチェさま！」

廊下に出ると、イルダが追いかけてきた。腕を掴んで引き止める。ちょうどこちらに並んでやってきたエルダとアロルドが、慌てて駆け寄ってきた。

「どうされたのですか」

「先生、リベルトに何かあったのでしょう？　何があったのか教えてください」

「……何もありません。陛下は皇城にて変わりなく執務中です」

「絶対嘘よ！　……上手く言えないけれど、私にはわかるの。遠く離れているわけでもないのに、リベルトが一度も顔を見せないなんてこと、絶対にあり得ないわ！　お願い、先生、教えてください。リベルトに何があったの⁉」

　詰め寄ってもアロルドは口を噤んだままだ。双子がルーチェたちを交互に見やる。

「……先生……」

　イルダが耐えかねたように呼びかけた。だがアロルドは何も言わない。

　ルーチェは両手をぎゅっと胸の前で握り締めると、三人の顔をそれぞれ必死に見つめた。

「お願い、リベルトに何があったのかを教えて。そして私にできることがあれば、させて。私は十年、薬のせいとはいえリベルトを一人にしていたの。目覚めてもう人並みの生活ができるようになったのだから、知らない振りはしたくないわ。私にできることは本当に少ないけれど……でも、リベルトが辛いときは傍にいたいの……！」

　双子がアロルドを見つめる。彼は渋い表情だ。どうか聞き入れて欲しいと懇願の目を向け続ける。

　やがてアロルドが、深く嘆息した。

「……今の陛下には、ルーチェさまがお傍にいることが何よりの救いになります、か……」

「先生……！」

　肩を竦めてアロルドは苦笑する。

「陛下のお叱りは私がお受けします。ですがルーチェさま……陛下に何が起こっていたとしても、取り乱さないでください」

胸が痛いほどにドキリとする。一体リベルトに何が起こっているのか。

（でも、傍にいれば何かできることもあるかもしれない……！）

「……わかったわ……！」

強く頷くと、アロルドが手を伸ばし、フードを目深に被せた。双子も一緒についてきてくれる。アロルドはルーチェたちを連れ、離宮を出て東の庭の端へと向かった。

てっきり馬か何かで皇城に向かうと思っていたため、戸惑ってしまう。だがアロルドの歩に迷いはなく、双子も当たり前のようについていく。

庭の一角で足を止めると、アロルドが芝を摑んだ。本物としか思えなかったそれはどうやら作り物だったらしい。べりべりっ、と芝が剝がれると、引き上げられるように手をかけられる穴が空いた鉄製の扉のようなものが現れる。

開けると地下に向かって、階段があった。

アロルドが先に行く。灯りのないそこは深淵に入り込んでいくようで一瞬身震いしたが、ルーチェは意を決してあとに続いた。

後ろにはイルダが続き、エルダが残って扉を閉める。再び作り物の芝で隠すのだろう。

階段を下りていく途中の壁には棚があり、ランプが用意されていた。扉が閉まる前にアロルドが灯りをつけてくれる。イルダも灯りをつけると、思った以上に周囲が明るくなる。

「少し歩きます。大丈夫ですか？」

「ええ、大丈夫よ！」

強く頷いて返事をすると、アロルドが苦笑して歩き始めた。地下道はさほど複雑ではないようだが、予想以上に歩く。

「ここは……どこに繋がっているの？」

「皇城にある陛下の私室です」

何かあったときのための脱出手段として用意されているものなのだろうか。こんな秘密の道を通って行かなくても、表から堂々と入ればいいのに、と思ってしまう。

（それとも、私を皇妃として認めない人たちが、皇城には多くいるということ……？）

「陛下はルーチェさまを皇妃として表舞台に立たせることを、渋っています。それはまだ、皇城が安全な場所ではないからです。皇妃としての公務をこなすようになれば、ルーチェさまが陛下の目の届かぬところに行くこともあるでしょう。それを心配されているのです」

「……それほど皇城には、敵が多いの……？」

「表立って陛下に楯突く者はいません。ルーチェさまを喪う（うしな）ことを陛下はとても恐れておられる……ですがいつまでも離宮で過ごされるわけにはいかないことも、陛下自身、よくおわかりです」

ルーチェは何とも言えない気持ちで黙り込んだ。

やがて、今度は昇りの階段になる。長いそれを最後には少し息を切らせてしまいながら昇りきると、アロルドが目の前にある扉をそっと開いた。

カーテンが引かれ、灯りが灯された寝室は、暗い道を歩いてきたルーチェの目には一瞬明るく感じられる。数度瞬きをして、そこが天蓋付きのベッドがある立派な主寝室だとわかった。

誰の寝室なのかは、もうわかる。リベルトだ。だが彼はどこにいるのだろう。

天蓋の紗の奥に、人影があった。まさか、と思って慌てて駆けつけると、そこにリベルトがひどく苦しげな表情で荒い息で横たわっている。

アロルドに取り乱さないようにと言われていたにもかかわらず、小さく悲鳴を上げてしまいそうになった。

「……リベルト……!?」

ベッド脇のサイドテーブルには、洗面器やらタオルやらが用意されている。薬瓶もあり、治療をされているようだった。おそらくアロルドが診ているのだろう。

ルーチェが近づいても、リベルトは気づかない。額に触れると燃えるように熱く、熱に魘されていた。

ルーチェは額の濡れタオルを取り、ぬるくなったそれを洗面器の冷たい水で濡らす。頬や首筋の汗を拭ってから改めて額を冷やしてやると、ほんのわずか、リベルトが心地よさげな息を吐いた。

「どうしてリベルトがこんな目に遭っているの……!?」

「ルーチェさま、お静かに。一応警護は陛下の信頼する部下に任せているので大丈夫ではありますが、どこにどんな輩が潜んでいるかわかりませんので……」

慌てて両手で口を覆い、周囲を見回してしまう。

イルダがそっと扉を開けて外に出ると、誰かと話す声が聞こえた。おそらく、寝室を守っている護衛と会話しているのだろう。

「陛下は三日前、城下の視察の際、刺客に襲われました。傷は大したことはなく、刺客はその場で取り押さえられ、罰せられました。ですが陛下はその夜、ルーチェさまのもとへ向かう前にお倒れになったのです」

ルーチェは息を呑む。

「陛下を傷つけた短剣には、遅効性の毒が塗られていたようです。陛下は毒を盛られることを考え、様々な毒を少量ずつ摂取して、耐性をつけていました。ですがこの毒は、私も知らない毒でした。陛下のお身体には、この毒の耐性がついていなかったのです」

事情はわかったが、新たな衝撃があった。毒殺されることを考えて自らの肉体に毒の耐性をつけるように訓練していたということが、衝撃的だった。

「幸い、陛下は日頃から鍛えていたこと、この毒の耐性はなかったとしてもこれまでに身につけてきた毒の耐性が作用して、お命を取り留めました。ただ、毒を排出するために三日間、このように苦しまれております……」

痛ましげに眉根を寄せて、アロルドがリベルトの顔を見る。形のいい薄い唇は閉じられることなく、熱い息を繰り返していて苦しそうだった。

「解毒薬はこの三日間で作れました。ですが即効性ではなく……解毒薬によって熱で毒を体外に排出させるという方法です。あと二日ほど、この苦しみが続くことになります」

「……そんな……」

「ですがそれも陛下ほど強靱なお身体とお心を持っているからこそ、可能なのです。常人であれば、毒が効果を発揮した途端に死んでいました」

アロルドは淡々とした口調で言うが、教えられたことはさらに衝撃的だった。

「あ、あと二日……二日頑張れば、リベルトは元気になるの……？」

「はい。必ず」

アロルドがそう言うのならば、そうだろう。

たかが二日、されど二日だ。その間、リベルトはここで一人なのか。

「……リベルトが倒れたことは……」

「伏せています。陛下を皇帝の座から引きずり下ろそうと企む者がいますから……幸い、今は皇城内の執務で済んでいます。影武者が陛下に扮していますす」

影武者までいるのか。リベルトのことを知っているようで――実は何も知らなかったのだ。

「……先生……私、ここにいては駄目……？　リベルトが回復するまで、看病したいわ。この部屋から出ないようにするから……！」

「そう仰ると思いました。このことをルーチェさまに知られてしまった以上、陛下は後にお怒りになるでしょう。しかし今は、ルーチェさまがお傍にいた方が陛下のお心も安らぐはずです。お願いします」

アロルドや双子たちに無理を言っていることは、雰囲気から察せられた。ルーチェは深く頭を下げる。

「……ありがとう……!!」

アロルドたちは仕方なさげに温かい笑みを浮かべた。

枕元に跪き、滲み出す汗を拭う。ひどく苦しげな呼吸を繰り返す唇は乾いていて、水を求めているようだった。吸い口を近づけてそっと傾けると、意識がないながらも飢えたようにリベルトが水を飲む。

（こんなに大変な目に遭っていたのに、何も気づけなくてごめんなさい……）

教えてもらっていないのだから当然だ、とリベルトは言ってくれるだろう。

だがそうではないのだ。リベルトがルーチェをとても大事にしてくれるように、自分も彼を大事にしたい。

――絶対に、喪いたくない人なのだ。

秘密通路を使って、イルダがルーチェの食事を運んでくれる。簡単に食べられる軽食をとっているときも、リベルトから目を離さない。

熱のせいで魘され嫌な夢を見ているのは、零れるかすかな寝言からわかった。そのときは枕元に跪き、リベルトの片手を両手で包み込む。

「……ルーチェ……ルーチェ、すまない……こんなことに、なってしまって……」

寝言は前後の繋がりがよくわからないものが多かった。だが、必ず彼はルーチェへの謝罪を口にする。

そのたびにルーチェは包み込む手に力を込め、優しく柔らかい声で告げた。

「気にしないで。私は今、あなたのおかげでとても満たされているわ。ありがとう、リベルト。あなたがいてくれるから、私は幸せよ」

声が届いているかはわからない。だがそう伝えれば少しだけ呼吸が落ち着き、頬に安らぎの色が広がる。

それもすぐに解毒薬の作用による熱で消えてしまうのだが、ルーチェは彼が謝罪の寝言を口にするたびにそう答え続けた。

その夜は時折眠気に襲われてうたた寝してしまったものの、リベルトの呻き声で目を覚まし、彼の汗を拭い、額を冷やし、水を飲ませ続けた。ほとんど寝ずに過ごしたものの、朝になると彼の表情と呼吸がだいぶ落ち着いてきていて、ホッとした。

アロルドや双子たちが看病を代わると言ってくれたが、丁重に断った。リベルトが目を覚ましたとき、すぐに自分の顔を見せたかった。

扉の前に立つ護衛は、時折交代しているようだった。交代の際にドア越しに会話が漏れ聞こえてくる。

扉が厚いためか、よく聞き取れない。リベルトの容態が気になるためベッドから離れることもできず、何とか聞き取れた会話から少しだけリベルトを取り巻く状況がわかった。

皇妃不在の現状を批判する者たちの声が、高まりつつあるらしい。それを扇動する貴族は相も変わらずリベルトに——今は彼の影武者に接触しようとしている。影武者であることを知られないように断るのが、リベルトの部下たちには結構な精神的負担になっているようだった。

（……やっぱり、そうなのね……）

リベルトの顔を見つめながら、ルーチェは唇をそっと噛み締める。

自分はどれだけ離宮で守られていたのだろう。そして自分に向けられる様々な敵意や悪意を、リベルトはどれだけ自身で受け止めていたのか。

いのよ)

(あなたはそんなことをする必要はないと言うと思うけれど……私も、一緒に立ち向かいたいのよ)

リベルトはよく言う。俺にはもうあなたしかいない、と。それはルーチェも同じだ。

(私にも、あなたしかいないのよ……)

——二晩目を迎えると、さすがに耐えがたい眠気がやってくる。

アロルドに一時間だけでもいいからしっかり眠らなければ駄目だと言われ、渋々眠ることにした。だがリベルトから離れるのは嫌で、寝室内にあるカウチソファで眠る。

寝心地は決してよくはないが、それなりに疲れていたらしい。横たわった途端に急激な眠気に襲われ、あっという間に深い眠りにつく。

絶対に一時間で起こしてくれと頼んでおいたため、アロルドが時間通りに起こしてくれる。

少ない睡眠でも深く眠ったおかげで、すっきりした。

これまでリベルトたちがルーチェの健康状態に気を遣ってきてくれたこともあるだろう。

多少無理をしても、回復は早い。

「リベルトの様子はどう……?」

「だいぶ呼吸が落ち着いています」

アロルドが枕元からどいてくれる。駆け寄って顔を覗き込むと、これまでになく落ち着いた呼吸と穏やかな寝顔だった。

少し汗をかいているが、これならばもう大丈夫だろうと思える。

「そろそろお目覚めになると思います」

「先生のお薬のおかげね……！」

アロルドは微苦笑して一礼し、何かあったら護衛にすぐに声をかけるように言い置いて、退室する。アロルドはリベルトの腹心として、この皇城ではそれなりの立場の人物らしい。

枕元の椅子に座り、深く息を吐く。穏やかな寝顔を見つめていると、彼を喪うかもしれないという不安もようやく薄れてきた。

(先生は大丈夫だって言っていたけれど……本当はとても不安だったのよ……)

アロルドの医師としての腕は信用している。だが万が一、リベルトが帰らぬ人となってしまったら――考えただけで悪い結果に繋がってしまうような気がして怖かった。

(とても、怖かった……)

まだ完全に安心はできない。それでも命が失われる可能性はかなり減ったのだ。さらに安心したくて、起こさないように気をつけながらリベルトの顔を覗き込む。

頬を撫でると、高熱はもうなかった。落ち着いた温もりは、自分を抱き締めるときに感じるものと変わらない。

熱を逃がすために苦しげな呼吸を繰り返し悪夢に魘されていた唇は、優しく閉じられている。指先でそっとなぞると、少し乾いてはいたが心配になるほどではなかった。

じわりと瞳に熱いものを感じた。それが何かを理解した直後、一粒がリベルトの瞼に落ちる。

(嫌だ。私ったら、泣いたりして……)

一度零れてしまうと、止まらない。リベルトの瞼に落ちた雫を指先で拭い取ると、彼の瞳がゆっくりと開いた。

起こしてしまい、ルーチェは慌てて離れようとする。

「……ご、ごめんなさい、起こしてしまったわね。まだ朝ではないわ。眠って」

無言のままリベルトの手が素早く掛け布から出て、がしっ、とルーチェの腕を掴んだ。予想以上に強い力に驚く。

「……なぜ、泣いているんだ」

問いかけながら身を起こす。ルーチェは慌ててそれを止めた。

「駄目よ、リベルト。寝ていて。あなた、毒で倒れて……」

「俺のことはいい。なぜ泣いているんだ。あなたを泣かせたのは誰だ。そいつを八つ裂きにする」

深い緑の瞳が底光りする。眇められた目に宿る冷酷さに、ルーチェは初めて恐怖した。

……これが、もしかしたら自分には決して見せない彼の一面なのか。

「あなたを泣かせる者は、誰であろうと絶対に許さない。……誰があなたを泣かせた?」

ルーチェは小さく息を呑んだあと、キッ、とリベルトを睨んだ。

「あなたよ！　リベルトが、私を泣かせたの！」

衝撃を受けたようにリベルトが大きく目を見開く。

「俺、が……？」

まさか自分が原因だとは思わなかったようで、リベルトが狼狽える。ルーチェは彼の頬を両手で挟み込み、瞳を覗き込みながら迫った。

「今、私が泣いてるのは、あなたがいなくなってしまうかもしれないと思って怖かったから！　私を泣かせたのはあなたなのよ！　でもあなたがあなたを八つ裂きにしたら、私は絶対に泣き止まないわよ！　それでいいの!?」

「……い、や……それは……駄目だ……」

「そういうこと！　だから私が泣かないように、絶対死んでは駄目ということよ！　わかった!?」

ほとんど八つ当たりのように説教する。わかった、と勢いに圧されて頷いたリベルトの表情は、ルーチェがよく知るものになっていた。

「心配させた、のか……」

「ええ、とっても！　でも元気になってくれるのならばいいの。それだけで、いいの……」

リベルトが動き、声を発してくれる。それがとても安心する。

(ああ、もしかしてあなたも……そうだったのかしら……)

目覚めたルーチェを見て、そう思ってくれたのかもしれない。

動いて、笑って、答える。生きていれば当たり前のことを実感して、それをもう二度と喪わないように大事にしてくれた。

リベルトが摑んだ腕を引く。倒れ込んだルーチェを、包み込むように抱き締めた。

「……すまない。心配させた……」

深い声音が、とても申し訳なさげだ。リベルトの胸に額を押しつけて、首を横に振る。

「私も怒ってごめんなさい……。あなたが私に心配かけないようにしたことだって、わかっているの。でも……やっぱり、教えて欲しかったって思って……」

「……ああ、そうだな。悪かった……」

リベルトが髪を撫で、その手で顎先を優しく摑んで上向かせる。目元から絶え間なく零れる涙を唇で吸い取り、舌先でそっと舐め取った。

安堵(あんど)感と心地よさに目を閉じると、今度は唇にくちづけが与えられた。想いをぶつけるような激しいものではなく、深く優しく、温もりを分け合うかのようなくちづけだ。

搦め捕られる舌の動きを目を閉じて受け止めていると、昂ぶった気持ちも落ち着いてくる。

リベルトはその間ずっと背中や髪を撫でながら、くちづけてくれていた。

やがて、唇が離れる。まだ残っている涙を指先でそっと拭うと、リベルトはふと表情を引き締めて言った。

「心配させたことは、謝る。だが、どうしてあなたがここにいるんだ。まだ皇城は危険だから来るなと言っておいたはずだが？」

先ほどの優しさは一体どこに行ってしまったのか、瞳も表情も怒りを表して、とても厳しい。

（た、確かに言いつけを破ったのは私だし……）

もごもごと唇を動かして、ここにやってきた経緯を説明する。リベルトは眉一つ動かさずに無言ですべてを聞いてくれるが、その威圧感は凄まじい。

すべて話し終えると、彼は額を片手で押さえ、大きく息を吐いた。ルーチェは慌てて続ける。

「ここに来たのは私が我を通してしまったからだから、先生たちは怒らないで。全部、私があなたの言いつけを破ったことが原因だから！」

「ああ、そうだ。あなたが悪い。どれだけ俺があなたに言い聞かせたと思っているんだ？もしここに刺客が入り込んで、あなたも一緒に殺されたりしたらどうするんだ」

「……ご、ごめんなさい……」

「俺が毒を盛られたとわかったのならば、わかった時点で離宮に戻るべきだ。あなたは医者ではないのだから、ここでできることにも限りがある。ならば危険が及ばないように、すぐに離宮に戻るべきだった」

「……ごめんなさい……」

これほど説教されるとは思わず、しょんぼり肩を落としてしまう。リベルトがもう一度深く溜め息を吐いた。

苛立たしげにも思える様子に、ビクッ、と震えてしまう。もう一度謝ろうとすると、リベルトが前髪を掻き上げる仕草で目元を隠した。

「……だが、俺も駄目な男だ。あなたが危険を気にせず俺を看病してくれたことが、嬉しかった……」

本心が聞けて、今度はとても嬉しくなる。頬を輝かせるとリベルトは微苦笑した。

「もう離宮に戻れ。明日にはあなたのところに行く。ここにいるのは……心配だ」

「あなたの傍でも？」

帰りたくなくて、我が儘だとわかっていても口にしてしまう。困ったようにリベルトが唇を動かそうとすると、扉がノックされ、アロルドが入ってきた。

リベルトの姿をみとめると、安堵の笑みを浮かべて駆け寄る。

「陛下、お目覚めになられましたか……！」

ルーチェは慌てて身を離す。名残惜しげな顔を一瞬だけ見せたあと、リベルトは上体を起こしてアロルドに向き直った。

寝汗で寝間着が湿って、肌が少し透けている。ルーチェは慌ててリベルトの着替えを手伝った。

もうどこも知らないところはないというのに、それでも裸の胸や背中、二の腕などを見るとドキドキしてしまう。なるべく視界にそれらを映さないようにしながら乾いたタオルで身体を拭い、着替えさせた。

「ありがとう。すっきりした」

「……明日、身体が辛くなかったらお風呂を用意するわね」

「ならば離宮でゆっくり入る。アロルド、心配をかけた」

そのやり取りをどこか微笑ましげに見守っていたアロルドが、嬉しそうに笑って首を横に振った。

「陛下は強靭な心と身体をお持ちです。必ず生きて戻られると信じておりました。お身体を診させてください」

アロルドがルーチェの反対側から、リベルトの脈拍や口の中、目の様子を確認する。されるがままになりながら、リベルトは言った。

「ルーチェを離宮に送り届けてくれ。皇城に置いておくのは心配だ」

「今は双子もこちらの警護に当たっています。私も隣室に控えておりますので、今夜はお傍に置かれた方が、かえって安全です」

アロルドのさりげない協力に、ルーチェの頬がさらに輝く。いくらもう安心とはいっても、この状態で離宮に戻るのは嫌だった。

リベルトは渋く眉根を寄せ、唇を引き結ぶ。

「……前もって準備していたのか……？」

「それは勘繰りすぎです。私たちは陛下のためにルーチェさまをお守りするため、こちらに詰めていただけです」

穏やかな笑みを浮かべて、アロルドは続けた。その目は優しく細められ、リベルトを愛おしげに見つめていた。……まるで、父が息子を見守るように。

観念したのか、リベルトは大きく息を吐いた。

「……今は俺の傍が一番安全だということか。わかった。ルーチェ、俺の傍から離れないでくれ」

「ええ、もちろん！」

傍にいられることが嬉しくて、ルーチェは笑顔で頷く。リベルトが苦笑し、今度は疲れたように息を吐いた。

「……すまない。少し、眠りたい……」

「ごめんなさい！　ゆっくり眠って。私はこちらのソファで……」

慌てて身を離す。だがリベルトは腕を掴み、隣に横たわるように促した。

「ここにいてくれ」

何だか甘えてもらえたような気がして、胸がきゅんっとときめいてしまう。アロルドが微苦笑し、一礼して退室した。

それを待ってから隣に潜り込むと、すぐに深く抱き締められる。

少し汗の匂いがして、それにかえってホッとした。生きていると実感できる。

リベルトがルーチェの胸の膨らみに顔を埋めてきた。そのまま安心したように目を閉じる。ドキリとしたが汗で湿った髪を撫でてやると、さらに呼吸が落ち着いた。

「……ねえ、リベルト」

「なんだ……？」

「私を皇妃として、傍に置いて」

リベルトは無言だ。顔は上がらない。優しく髪を撫で続けながら見返す。

「私を守ってくれていることはよくわかるの。でも、あなたに守られてばかりで、あなたが辛いときにこんなふうに一人にしてしまうのは嫌。我が儘だってわかっているけれど……辛いときこそ、傍にいたいの。私はあなたが傍にいてくれるだけで、頑張れるから……」

リベルトは何も言ってくれない。そこまでは許してくれないのかと肩を落としそうになると、彼が言った。

「……俺は、そこまであなたに求めてもいいのだろうか……？」

むぎゅっ、とリベルトの頭をきつく抱き締めて、ルーチェは叫ぶように答えた。

「いいに決まっているでしょう！」

リベルトが少し照れ臭げに言った。

「……ルーチェ、苦しい」

「あっ、ご、ごめんなさいっ！」

慌てて腕をほどくと、リベルトが顔を上げて笑った。

「俺の我が儘を聞いてくれて、ありがとう」

「そ、んなこと……」

出会った頃から、欲しいものがあっても滅多に口にすることがなかった。代わりにいつもルーチェのことばかり考えて、優先してくれていた。まだ甘えたい年頃の少年だったのに、強くて優しい人だった。

その彼が今、初めて自分への願いを口にしてくれている。嬉しくて、切なくて、不思議と涙が出た。

リベルトが目を瞠り、慌てて目元にくちづけてくる。

「……何で、泣くんだ……」

「ご、ごめんなさい。困らせるつもりではなかったの。何だか……嬉しくて」

「わからない。嬉しかったら笑うものだろう。嬉しいのならば笑ってくれ。あなたの泣き顔は……困る……」

眉を顰めて本当に困っている表情が、愛おしい。慌てて目元を指先で拭い、笑った。

リベルトがホッと安堵の息を吐いて、目を閉じる。

「だが……俺と愛し合っているときのあなたの泣き顔は、好きだ、な……」

ほとんど聞き取れない声でそう呟いて、あっという間に眠りに落ちていく。

それが意味するところに気づき、ルーチェは耳まで真っ赤になって内心で身悶えた。……無自覚に突然正直になるのは、やめて欲しい。

腕の中のリベルトの寝息は穏やかだ。改めて髪を撫でてやりながら、ルーチェはその寝顔を見下ろす。

ルーチェにも穏やかな眠りがやってきたのは、すぐだった。


双子が腕によりをかけて身支度を整えてくれたおかげか、姿見の中に映る姿はとても自分とは思えなかった。

――今日は、帝国の民に皇妃が目覚めたと知らせる式典だった。

長い髪は何本もの三つ編みにしてアップに纏め、ダイヤのピンをいくつも挿す。額にも小粒のダイヤ飾りを着けられた。女性らしい、身体のラインを強調するデザインのドレスは、後ろが少し長い。袖はすべてレースで作られていて、袖口は三重のフリル状になっていた。

襟は丸く開いているが、胸元を強調させるものではなくてホッとする。額飾りと同じダイヤの——けれどもこちらは涙型の大きめのものだ——ネックレスを着けられる。化粧は少し濃い目にされたせいか、品があり、いつもの自分よりも大人っぽい表情になっていた。

本当に自分かと、思わず鏡を覗き込んでしまう。

「お綺麗ですわ、ルーチェさま！」

イルダの言葉にエルダが何度も頷いて同意する。二人に褒められて嬉しく、心が擽ったい。

「二人が素敵に仕上げてくれたからよ。ありがとう。……リ、リベルトも……そう思ってくれるかしら……？」

やはりそれが一番気になってしまう。双子は顔を見合わせたあと、満面の笑みを浮かべた。

「どうしよう、エルダ……ルーチェさまがとてもお可愛らしくて、私、身悶えてしまいそうだわ……！」

こくこくこく、とエルダも勢いよく何度も頷く。

双子のやり取りにどう反応すればいいのかわからず戸惑っていると、エルダがルーチェの手を取って隣室に促した。イルダが続いて言う。

「早速陛下に見ていただきましょう！」

心の準備ができていないのに！　と慌てる間もなく隣室に連れていかれる。隣室ではアロルドに手伝ってもらって、リベルトが正装に着替えているのだ。

「ルーチェ、支度は終わったの、か……」

言いながら振り返ったリベルトが、緑の瞳を瞠って硬直した。ルーチェもリベルトの正装姿をみとめ、見惚（みと）れてしまう。

（素敵……！）

日陰に追いやられていたときは、華やかな場に参加することはなかった。皇帝や皇妃、貴族などの正装姿は時折ちらりと見たことがあるくらいだ。ガスペリ帝国皇帝としての正装姿を正面からじっくり見るのは、初めてになる。

黒にも見まごうほどの紫紺色の張りのある生地で仕立てたジャケットと揃いのパンツ。長靴の履き口、ジャケットの袖口と襟には金糸で精緻（せいち）な蔦（つた）模様が刺繍（ししゅう）されていた。かっちりとしたデザインで、長身のリベルトのしなやかな体躯（たいく）によく似合っている。

縁取りがされた白いマントを羽織り、ダイヤやその他の鮮やかな色貴石で装飾された王冠を被った彼の夕焼け色の前髪は、端整な顔立ちが見る者にはっきりとわかるようにするためか、丁寧に後ろに撫でつけられていた。

涼やかな目元、すっと通った鼻筋、薄い唇、精悍（せいかん）な頬――威厳と凛々（りり）しい姿に言葉が出てこない。とにかく素敵だ！

しばらく互いに見つめ合ったまま、沈黙する。やがて心配になったのか、イルダが言った。

「陛下……ルーチェさまのお支度に、何か気に入らないところでもございましたか……?」

「……あ、いや……驚くほど綺麗で、褒め言葉も出てこない……」

双子が互いに満足げに頷き合う。飾らない褒め言葉はかえって心に響き、ルーチェはドキドキしながらもはにかんだ。

「あ、ありがとう。リベルトも……す、素敵……よ……」

十年前は、こんなふうに褒めることはなかった。成長していく彼の様子が幼さからゆっくりと抜け出していくのを微笑ましく思っても、こんなに胸がドキドキすることはなかったのだ。

(十年って……長い、のね……)

改めて過ぎた時間の長さを実感する。そしてその長い時間、彼を過酷な状況に一人でいさせたことを後悔する。

(せめて誰が私に薬を飲ませたのか、思い出せれば……)

その犯人が、リベルトにとって敵であることは間違いない。犯人がわかれば、敵への対応方法も自ずと決まる。それが彼の手助けに繋がるのではないだろうか。

だがまるで思い出したくないとでもいうように、あの頃の記憶は曖昧で霞(かす)んでいる。

(どうして私……思い出せないのかしら……。ジーナさまのこともだいぶ落ち着いて思い返すことができるようになったのに)

気づけば眉根を寄せて、過去の記憶を探っていた。

「大丈夫か？」

すぐにリベルトが心配そうに問いかけてくる。慌てて首を横に振り、笑いかけた。

「大丈夫よ。緊張しているだけ」

「ならばいいが……少しでも気分が優れないのならば言うんだ。式典よりもあなたの身体の方が大事だ」

「大げさよ。もう私はすっかり健康体になったって、アロルド先生も言っていたわ。これからは私もリベルトの手伝いをするのだから、あまり過保護にしては駄目よ！」

「わかった。ならばこうして行こう」

リベルトの両手が伸ばされ、気づけばふわりと横抱きにされている。驚く間もなくそのまま運ばれた。

「まさかこのまま式典に出るの⁉」

当然だとリベルトは頷く。双子が先んじて控え室の扉を開けた。

毛足の長い絨毯(じゅうたん)が、一直線にバルコニーに伸びている。絨毯を挟んで正装姿で並ぶのは、帝国内の高位貴族たちだ。

初めて会う者ばかりだ。彼らは一斉に利き手を胸に押し当てて頭を下げる礼をするが、ルーチェたちを見た瞬間、大体の者が驚いたように大きく目を瞠った。

騒ぎ立てるのも躊躇われ、マナーの授業で教えられた皇妃たる笑顔を頬に貼りつけながら、小声でリベルトに言う。

「こ、こんなことをしても大丈夫なの……?」

「大丈夫だ。あなたが私の唯一の妃であることを周囲に知らしめるにもちょうどいい。それにあなたの身体にかかる負担も減らせる」

バルコニーまで歩いて、集まった民に笑顔で手を振るだけの式典だ。皇妃が無事に目覚め、皇帝の伴侶として役目を果たせる身体であることを民に知らしめるために設けられた式典だった。負担というほどのものでもない。

だが、ここはリベルトの言う通りにした方がいいのだろう。気恥ずかしさを飲み込み、ルーチェは少々緊張しながら彼とともにバルコニーに出る。

短い夏の季節、空は高く青い。空気は澄み渡り、風は爽やかだ。バルコニーは白大理石でできていて、明るい陽光を弾いてきらきらと輝いて見える。

眩しい、と目を細めた直後、歓声がどっと襲いかかってきた。

「皇帝陛下、万歳!」

大波のように迫ってくる声が民のものだと気づいて驚く。リベルトは宝物のように大切そうにルーチェを抱いたまま、バルコニーの手すりまで進んだ。

眼下は皇帝や皇妃を民が見られる広場となっている。鮮やかな花が咲き誇る庭園に、人々がびっしりと集まっていた。身なりからして平民がほとんどだ。

かつては皇城に平民が足を踏み入れるなど、皇族御用達の商人くらいしか許されなかったはずだ。この十年、リベルトがこの国に与えた変化を実感する。

ルーチェを抱き下ろすと、歓声はさらに強まった。リベルトの意図の通り、抱き運んだことが民衆にある種の興奮を与えたらしい。それだけ心踊っているということは——彼が治世者として彼らに受け入れられている証だ。

（すごいわ……！）

この国で、民に恐怖や畏怖以外の感情を抱かれた皇帝がいただろうか。リベルトの端整な横顔は何の感情も浮かんでいないように見えるが、深い緑の瞳に穏やかな光が見て取れる。

「皇帝陛下、皇妃陛下、万歳！」

「ルーチェ、応えてやってくれ」

勢いに呑まれていると、リベルトが優しい声で促してくる。

ルーチェは慌てて笑顔を浮かべ、右手を上げた。ありがとう、と、唇を動かす。そんな些細な動きも民にはわかるようだ。歓声が再び沸く。

ああ、と言いようのない感動が胸に迫ってきて、泣きそうになった。ここにジーナがいたら、息子になんて声をかけるのだろうか。

（そして私は）

沸き立つ民衆を見下ろし、皇妃としての笑顔を浮かべたままでルーチェは言った。

「あなたはとても素晴らしいことを成し遂げたんだわ。すごいわ。あなたを尊敬するわ……！」

式典の場でなければリベルトに抱きついて、髪をぐしゃぐしゃにしてしまうまで撫で続けていたような気がする。あとで実行しようと見返したものの、十年経った今は見上げるほどの身長差があるため無理だと気づいた。

リベルトは軽く目を瞠ったあと、ほんの少しだけ笑った。かすかな笑みは、ルーチェの褒め言葉を喜んでいるものだった。

「ねえ、リベルト。今の笑顔、とても素敵よ。それをここにいる皆に見せたら、どう……」

不意に視界が陰り、どうしたのかと顔を上げる。リベルトが上体を倒し、柔らかくくちづけてきた。

驚きに目を瞠るルーチェの顎先を指で包み込んで上向かせ、今度は深くくちづける。幸い、民衆たちからは彼の身体によって見えないようにしてくれるが、何をしているのかはわかるだろう。

一瞬の静寂のあと、これまで以上の歓声が上がった。

「皇帝陛下、万歳！　皇妃陛下、万歳！」

ルーチェの背後では、式典に参列した貴族たちが驚きの表情で絶句している。リベルトと

近しい者たちは驚いてはいたが、すぐに微笑ましげに視線を交わし合ったり、感激の淡い涙を浮かべている者もいた。

下唇をそっと優しく食(は)まれたあと、唇が離れる。あまりにも唐突なくちづけに驚愕(きょうがく)のあまり目を瞠り、硬直するしかない。

リベルトの目元が、少し赤かった。

「……悪い。思わず……して、しまった……」

リベルト自身もどこか茫然(ぼうぜん)としている。彼はふー……っ、と息を深く吐いて気を取り直すと、皇帝然とした厳しくも凛々しい表情を取り戻し、民衆に向き直った。

ルーチェは何とか改めて笑みを浮かべたものの、羞恥で身体がかすかに震え、耳まで真っ赤になったままだ。

リベルトが歓声に応えて上げていた手を下ろす。民衆の歓声が、やんだ。

「我が皇妃の無事を願ってくれた者たちに礼を言う。このように皇妃は無事に目覚め、健康を取り戻した。いずれ、我が子をそなたたちに見せることもできるようになるだろう」

（我が……子……）

いずれはリベルトとの子を産むことになる。わかってはいても身悶えしたくなるほどの羞恥がやってきて、ますます顔が赤くなった。だが彼の表情は変わらず、凛(りん)と張った声で演説を続ける。

民衆はリベルトの姿を魅入られたように見つめ、声に耳を傾けていた。敬愛と期待の表情が、この十年で彼が積み上げてきたことを教えてくれる。

これから皇妃として、リベルトの隣で様々なことをこなすことになる。彼のことをよく思わない貴族たちがそれなりに多いことも教えてもらっているし、この式典に参加しただけでも好意的ではない視線や探りの会話などに気づいた。

（私にできることは少ないけれど、でも、精一杯頑張ろう）

リベルトの隣に立つ者として、恥ずかしいことは絶対にしたくない。

改めて気合いを入れた直後、ふと、鋭い視線を感じた。

密集する群衆の中から感じ取れるが、それがどこからなのかまではわからない。ただ、強烈な鋭さと敵意――そして殺意を感じ取る。

（誰……っ⁉）

負の感情に満たされたそれが、誰に向けられたものなのかは容易く予測できた。

ルーチェは思わずリベルトに身をぴったりと寄せる。もし、何かあったとしても盾くらいにはなれるだろう。

「……どうした……？」

周囲に異変を感じさせないよう、リベルトの表情は変わらない。だがルーチェの腰に片腕を回し、守るように抱き寄せる。端から見れば、仲睦まじいやり取りにしか見えないだろう。

「……今、何か……敵意のようなものを感じて……」

リベルトが抱き寄せる腕に力を込める。そして頃合いだと告げるようにマントの裾(すそ)を大仰(おおぎょう)に翻(ひるがえ)して、民衆に背を向けた。

見上げた端整な横顔は、恐ろしいほどに厳しい。ルーチェは思わず背筋を震わせる。

残念そうにしながらも、最後まで民衆は歓声で見送ってくれた。

「怖い思いをさせた。戻ろう」

「……わ、私は大丈夫よ。もう少し皆に姿を見せていても……」

「駄目だ。何かあってからでは遅い。俺は慣れているが、あなたはそうではないのだから」

敵意や殺意に慣れているなどと言って欲しくなかった。だがそれが、これまでの彼の『日常』なのだろう。

ここで強引に残ると主張しても、周囲に怪しまれる。ルーチェは頷き、リベルトとともに皇城内に戻った。

リベルトは待っていた双子とともにすぐに離宮に戻るように言った。そしてアロルドには、厳しい表情で別のことを命じている。……何か、気になることでもあったのだろうか。

「リベルトは……？」

「執務がある。夕食の時間までにはそちらに戻れる。充分に気をつけてくれ」

「わかったわ。……あなたも気をつけて……」

安心させるようにリベルトは目元にくちづけをくれた。

リベルトとは皇城で別れ、双子に守られて離宮へと戻る。皇妃として表舞台に立つことを許してもらえたものの、まだ離宮で過ごした方がいいと言っていたのはこのためか。

彼を取り巻く過酷な状況を目の当たりにし、ルーチェはきつく胸元を握り締めた。

【第七章　真実と赦し】

皇妃としての公務は、思った以上に多い。肉体的にも精神的にも無理は絶対にしないようにとのリベルトの命令を受けて、ルーチェは公務に少しずつ参加するようになった。今は体力的に比較的負担が少ない慰問を数日に一度、こなすようになっている。

生活の場は未だ離宮が中心となっているが、毎日数時間は皇城で高位貴族たちと面会をするようにもなった。十年眠り続けていたために皇妃としてはまだまだ至らぬと蔑む者がほとんどだったが、努力を続けているおかげか、今のところ嫌味や噂話を聞かされる程度で済んでいる。昔の状況を考えれば、大したことには思えなかった。

何しろ以前は人間扱いされないこともあったのだ。暴力が振るわれることはないのだから、気が楽だ。精神的攻撃は鬱々とした気持ちになるが、それもリベルトがいると思うと頑張れる。

（それに、リベルトの方が私よりもっと大変だもの！）

二度と昔の帝国に戻してはならないと、リベルトは未だ改革を進めている。排除しきれない反対派貴族たちの敵意に晒され続けているのだ。

アロルドたちの話によれば、あからさまに攻撃してくる者はもうほとんどいなくなったとはいえ、皇城では気の休まる時間はないということだ。離宮に必ず帰ってくるリベルトをルーチェなりに迎えて穏やかな時間を与えることが、公務とともに最優先にしていることだった。

帝国内にも創世神を祀る教会が、いくつか存在している。様々な民族を吸収してきた帝国は、生粋の帝国の民以外はほとんど創世神を信仰していた。リベルトの治世になってあからさまな差別はなくなっていたとはいえ、それまでは帝国の民でないだけで虐げられていた者たちが多い。心のよりどころが必要だったのだろう。

教会には身寄りのない者、生活に困窮している者などが、寄り添い合って生活している棟がある。そこを慰問したルーチェは、寄付のあまりの少なさに驚いた。これでは教会の慈善事業もできなくなるだろう。

寄付だけに頼っているから駄目なのかもしれないと考え、ルーチェはリベルトにチャリティバザーやチャリティオークションを提案した。皇妃主催でそれらを定期的に行って金銭を集め、どうしても困ったときには助けてくれる場所があると未だ虐げられている者たちの救いになりたかった。

話を聞いたリベルトは、真面目な顔で思案する。以前にも何度かその手のことをしたそうだが、不正があったり利権絡みの暗躍があったりして、思った以上に成果が上がらず、二の足を踏んでいる状態とのことだった。

ならば自分が監視し、管理すればいい。彼の手が回らないところは、ルーチェがやればいいのだ。

「わかった。だが、絶対に身体を優先してくれ。無理をしないことを約束してくれなければ、認めない」

微苦笑してしまいながらも、ルーチェは強く頷く。心配してくれていることはよくわかり、それはとても嬉しいのだ。

ルーチェが監督するチャリティバザーは概ね大成功に終わった。これを機に、バザーは帝都内の一番大きな教会で定期的に行われるようになる。もちろんルーチェも必ず顔を出すようにした。

また、教会で説教をするようになり、それが子供たちへの読み聞かせ会に発展した。教会に週に一回程度足を運び、集まった子供たちに童話や児童書の読み聞かせをする。最初は皇妃という立場に遠巻きにされていたが、ルーチェが気さくに話しかけたりお土産に手作り菓子を持っていったりしたことで、子供たちはかなり打ち解けてくれた。

教会の司祭たちが余命わずかな病人ばかりが収容される病院へ慰問に行くと耳にすれば同行し、彼らの清拭や食事の介助など、できることを手伝った。イルダとエルダが同行してくれ、無理をしそうになったときは彼女たちがちゃんと窘めてくれる。

患者たちにせがまれ、聖歌を披露したこともあった。歌うのは久しぶりだったが、帝国に連れてこられるまでは、毎日、歌っていたものだ。時折リベルトたちに披露していたこともあり、思っていた以上に身体が覚えていた。ずいぶん喜んでもらえ、慰問の際には一曲、歌うようになった。

皇妃としての勉強と公務、そしてリベルトから与えられる愛情――それらに満たされた日々は、とても充実していた。こんな日々が自分に訪れるとは、思ってもいなかった。

これもすべて、リベルトのおかげだ。


最近のルーチェは毎日が充実しているせいか昔のように生き生きとし、明るく溌剌としている。健康も取り戻し何の問題もないとアロルドが言っていた。その点についてはどうしても、完全に安心することはできないのだが。

公務で触れ合う民と、ある種の信頼関係ができていることが感じ取れる。弱き者、貧しい者、身分の低い者――彼らに同情ではなく対等の立場として接するようにしているルーチェを、ただのお飾り皇妃と揶揄する者は多くはいない。古い考えを捨てきれない者たちには相変わらずそのように言われてしまっているが、ほとんどはルーチェを皇妃として好意的に受け入れている。彼女が努力してくれているおかげだ。

まだ皇城に住まわせてはいないが、そろそろその時期かもしれない。アロルドに相談しつつ、頃合いを見計らっている。……だが、気になることもあった。

執務の休憩時間に、アロルドが茶を淹れてくれた。茶請けも用意されている。ルーチェが次のチャリティバザーで出そうと考えている菓子の試作品だ。今やアロルドはルーチェ主治医兼リベルトの一番の側近となっていた。

執務室に二人だけということもあり、リベルトは菓子を一つ味わったあと、カップに手を伸ばしながら問いかけた。

「例の件についてはどうだ？」

「はい。間違いなく陛下のご心配通りかと思われます。毒の出所は突き止めました」

「やはりあいつか？」

脳裏にアバティーノ伯爵の顔が浮かぶ。アロルドが神妙に頷いた。

「それと、まだ直接確認できてはいないのですが……おそらくは、セスト皇子が生きています」

「……っ」

持っていたカップがミシリと嫌な音を立て――割れた。破片や茶はソーサーに受け止められる。

「……陛下……！」

アロルドが慌てててナプキンでリベルトの手を拭い、傷と火傷がないかを確認する。すぐに侍従を呼び寄せると傷薬や氷を用意させ、手当てした。

その間、リベルトは目を瞠ったまま動けない。侍従がどうかしたのかと心配げに顔を曇らせるものの、尋常でない様子に震え上がって声をかけることはできず、退室した。

再び二人きりになった執務室で、リベルトは呻く。

「あの男が……まだ、生きている、だと……？」

――王位簒奪を実行に移したあの日、皇城は血にまみれた。

毒や奸計によって皇族は次々と処分していった。最後に残ったのはリベルトの父親である皇帝と、異母兄のセストだった。この二人だけは自らの手で引導を渡したいと、リベルトが残したのだ。

前皇帝は、最後までリベルトの力量をきちんと把握できず、無謀な攻撃を仕掛けてきた。この日のために――そしてこれからは大事な人を守るために鍛え続けてきたリベルトにとって、その攻撃はあまりにも幼稚だった。一撃で首を跳ねた。

だが、セストについては楽に死なせることなどできなかった。

この男がルーチェを穢そうとしたことによって、母は喪われた。ルーチェは自分のせいだと苦しみ、心を病み、自害を何度も試みた。アロルドが用意した鎮静剤を常に投与しなければ、彼女は気が狂ったように泣き喚き、死ねないことを嘆き、ならば殺して欲しいとリベルトに頼んだのだ。

ルーチェの心と身体を守るために、リベルトは彼女を仮死状態にする薬を与えた。そして次に目覚めたときのために絶対に彼女が幸せになれる世を作ると、決意した。

セストは彼女の心をズタズタにした。絶対に許せなかった。片足の腱を切って逃げられないようにし、頬に罪人の焼き印を押した。抵抗が激しかったため、片眼を抉った。四肢を一本ずつ切り落としてやるつもりだったが、アロルドに止められた。そこまでする必要はない、敵になった者に容赦しないことは周囲に充分知れ渡った――と。

アロルドの進言でなければ、受け入れなかっただろう。彼は、皇帝にジーナを奪われたあとも彼女のためにと密かに援助し、実の息子のように可愛がって寄り添ってくれた人だ。だから、言うことを聞いた。

セストは帝国最北にある囚人収容所に送り、雪に閉ざされたミッツァ山に放逐する罰を与えた。一番厳しい冬の時期にこの山に放り出された囚人には、囚人服のみしか与えない。食料もなく、武器もない中、冬山で生き抜くことはできない。腹を空かせた獣に食われることもある。

山に追い立てる際には、リベルトも同行した。怨嗟の声と眼差しを全身に浴びせられたが、何とも思わなかった。ただ、セストが残りわずかな命を、この地で終わらせることだけを確認したかった。

　緑の瞳を怒りに瞠ったままで、リベルトは言う。

「……生きて、いたと……？」

「報告に上がった容姿の特徴からは、そうだと思われます。あの冬山で生き残るとは……」

「クズはやはり目の前で完膚なきまでに叩き潰さなければ駄目だったということだ。すぐにそいつを俺の前に連れてこい。俺が、直々に四肢を一本ずつ切り落とし、心臓を抉ってやる。ルーチェに何をしたのかを、改めて思い知らせてやる……」

　緑の瞳を底光りさせて、リベルトは残酷に続けた。アロルドが小さく息を呑み、身を強張らせる。彼ですら、すぐに何かを言うことができない。

　直後、執務室の扉が少々乱暴に叩かれた。

「陛下！　執務中に申し訳ございません、お話が……!!」

　アロルドが慌てて扉に走り寄り、廊下に出る。扉越しに何やらやり取りの声が聞こえるが、リベルトの耳には入ってこない。

　セストを完全に滅しなければ。いや、それよりもルーチェの安全をすぐに確保しなければ。離宮に戻り、彼女の傍から双子を絶対離さず、かつ、自室から出さないようにした方がいい。離宮の守りは双子とアロルドがいれば大丈夫だと思っているが、しばらく自分もルーチェの傍にいるべきだ。公務は影武者ができる。

めまぐるしく頭の中で考えながらリベルトは扉を開け、廊下に出た。アロルドと揉めていた貴族たちが、この機会を逃してはならないとばかりに一気に取り囲んでくる。

話を聞いて欲しいと口々に言ってくる彼らの顔を、見ることもしない。どうせ大したことではないのだ。自分に対して批判的な意見を持つ者たちだと、声を聞けばわかる。

だが彼らの口からルーチェの名が出て、リベルトは足を止めた。無言で彼らを見回す。冷酷な鋭い視線を受け止めた彼らは一様に青ざめ、震え上がり、言葉を詰まらせた。犬のように吠え立てていた勢いは一体どこにいったのか。

「皇妃が何だと？」

真正面にいた者は低く押し殺した声に、もう少しで失神してしまいそうだった。この中ではリーダー格のアバティーノ伯爵だ。

彼はぐっと腹に力を込めて続ける。……その瞳は、リベルトの目を正面から見返すことはできていなかったが。

「陛下はご存じでしょうか？　ルーチェさまが公務を行われるようになってから、創世神を信仰する者たちが増えています。教会に通い、ルーチェさまのお姿を一目見たいと言う者も多い。チャリティバザーへの出展者も増加し続けています。まだ平民や下位貴族たちの間で済んでいますが、ルーチェさまの人気が上がりつつあることは警戒すべきです。先日、教会に関わることはすべてルーチェさまに取り仕切ってもらった方がいいなどというたわけた意見を口にしていた貴族もおりました！　このままでよろしいのですか⁉」

「何の問題もないだろう。心弱き者が縋る何かは必要だ。それがルーチェならば、彼らを愛しみ、守り、希望を持たせることに力を尽くしてくれる。彼らは皇妃を敬い、この国のために働いてくれる」

「なりません……なりません！　それでは陛下の威厳がなくなります！　ルーチェさまを慕う者がこれ以上増えて陛下をないがしろにしたらどうされるのですか！　この帝国が、たかが小国出の、助けもしてくれない神を信仰するしか能のない女に牛耳られるかもしれないのですよ⁉」

リベルトの緑の瞳が、冷酷な光を帯びる。アバティーノたちが息を呑み、身を強張らせ、さらに顔色を悪くした。

（なるほど……ルーチェのやり方は、お前たちの『好みではない』ということだな……）

ルーチェの明るく朗らかな性格は、公務においても弱き者に手を差し伸べ、心に希望を持たせ、自分がそのときできる精一杯のことを惜しみなくする努力に通じている。リベルトもこの国をよくするための政策をこれまでとってきたが、こうした輩の妨害に遭わないよう、注意を払って動いてきた。

だがルーチェは、そういった駆け引きができない。駆け引き自体を考えもしない。いつでも真っ直ぐに、自分ができることを考えて、目の前の難関に立ち向かう。そうでなければ王の妾以下の立場であったジーナや、その息子のリベルトと信頼関係を築こうなどと、思わなかったはずだ。彼女のやり方は、まだ潰しきれていないくだらない価値観しか持たない貴族たちには、受け入れられない。彼らは富と権力を何よりも大切にする。それによって自分が強いと錯覚するのだ。

（ああ……俺のルーチェを、また穢そうとするのか……）

もう一度、この皇城を血の海に浸そうか。知らず利き手が上がり、目の前の男の首に向かって伸びている。

アロルドが驚きに目を瞠り、鋭く名を呼んだ。陛下、という敬称ではなく、リベルトと。

ああ、そうだ。生まれた息子の名付け親にすらならなかった実父の代わりに、彼が母と一緒に考えてくれた名だった。だがその声も、今のリベルトには届かない。

首をへし折るために伸ばした指が男の皮膚に触れる寸前で、柔らかく温かい声が呼びかけてきた。

「――リベルト？　こんなところでどうしたの？」

指先が強張り、ゆっくりと握り締められる。双子を従えたルーチェが、心配そうにこちらを見返して――すぐに駆け寄ってきた。

何をされるところだったのかまったく理解していない彼らは、一応ルーチェに一礼する。軽く見やることで応えると、ルーチェはすぐにリベルトに寄り添った。

「顔色が悪いわ。何かあったの？　私、これから離宮に戻るのだけれど、もし執務に区切りがつくのならば一緒に帰りましょう。無理をして、明日の公務に差し支えてはいけないわ」

「ルーチェさまの仰る通りです。陛下、今日はこのまま離宮にお戻りくださいませ」

あとはすべて自分がやると、アロルドは言外に告げてくる。リベルトは一度目を閉じ、気持ちを落ち着かせるために大きく息を吐いた。

「……リベルト……？」

何かあったのだと、ルーチェは気づいてくれる。気遣わしげに曇る瞳を見下ろし、リベルトは安心させるように微笑んで目元にくちづけた。その様子を、彼らは少々意外そうに見ている。

これ以上ルーチェを彼らの目に映すことすら嫌悪感を覚えた。こんな奴らに見られたら、彼女が汚れてしまう。

リベルトは細く華奢な身体に腕を回し、彼らに背を向けた。すぐに双子が付き従う。

流れるような動きに一瞬見惚れた彼らが、再び呼び止めてくる。アロルドが前に立ち塞がった。

ルーチェはこれで大丈夫なのか、というように肩越しに彼らを見やり、そしてリベルトを見上げる。しばし考え込んだあと何かに思い至ったのか、むんっ、と気合いを入れるような表情をして、リベルトの手を握った。

執務を放棄したわけではないと一応説明をした方がいいかもしれない。だがそれよりも早く、ルーチェが言った。

「事情はよくわからないけど、あの人たちがリベルトによくないことを言ったのね。だってあなた、すごく怒っていたもの。先生はあとは任せていいって感じだったし、あなたは元々仕事をしすぎるところがあるから、こんなときくらいはおサボりしてもいいと思うわ」

そしてリベルトを改めて見上げ、花開くように優しく微笑む。

「離宮に戻ったら、たくさん私に甘えて！　何でもしてあげるわ」

不意にひどく泣きたいような気持ちになり、ルーチェの手を強く握り返す。痛みを覚えたのか一瞬顔を顰(しか)めたものの、彼女はそのままにさせてくれた。

（あなたを――もう二度と、喪えない……）


何かあったのだということは、感じていた。自分ではすぐに解決できない難しい問題だろうということも、先ほどの貴族たちとのやり取りをかいま見ただけで予想できた。

だが離宮に戻るなり自室に連れていかれ、何の説明もなく扉に鍵をかけられ、窓を開けることすら許してもらえないとは、予測できなかった。

食事も食堂ではなく自室でするように言われる。双子のどちらかが必ず部屋に控えるようになった。

あまりにも物々しい様子に戸惑ってしまい、理由を教えて欲しいと言ったものの、リベルトからはただ、「あなたに危険が迫っているとわかった。だから絶対に安全な場所にいて欲しい」と言われただけで、事情はさっぱりわからなかった。

リベルトは公務を影武者たちに任せているようで、離宮にい続けている。双子が控えているにもかかわらず、よほどのことがなければ彼も傍にいる。入浴も一緒にするほどで、まるで監視されている気分だ。

とはいえ、リベルトの様子がいつもと違い、何かに怯えているようにも見えたため——ひとまず、彼の思うままにさせた。
二、三日もすれば落ち着くと思ったが、時折アロルドから何か報告を受けるたびに、束縛はきつくなっていく。このままだと、手洗いに行く際にもついてきそうだ。
何よりも困るのは、公務に参加できなくなってしまったことだ。まだ大したことをしていないとはいえ、突然引きこもっては健康を害したのではないかと心配される。いや、そのことによってリベルトの立場が不利なものになるのではないかと気になるのだ。

一般市民から、花や菓子など立派なものではないものの、見舞いの品が離宮に届いていると聞いている。交流を持った彼らの優しい気遣いを思うと、元気な姿を早く見せてやりたかった。

リベルトの好きにさせて一週間が経った頃、ルーチェはなぜか不思議な夢を見るようになった。

——リベルトによって部屋に閉じ込められ、泣きじゃくって憔悴している自分を見下ろす夢だ。

鍵のかかった部屋に取り残され、ベッドの上に横たわり、ぼんやりと天井を見つめる自分がいる。リベルトは何度もそんな自分のもとを訪れ、ひどく痛ましげに見下ろし、髪や頬を撫でてくれる。安心できる温もりに、しかし自分は泣き腫らした目を向けて、一言、告げるのだ。

『殺して』——『駄目だ。それはできない』

そんなやり取りを繰り返す夢だ。なぜ、こんな夢を見るのだろう。

(今、私も——監禁状態、だか、ら……?)

今の状態が少し異常に思えるからだろうか。何だか、だんだん夢と現実の境目が曖昧になってくる。

このままではいけないと、ルーチェはその日、リベルトに言った。

「リベルト、これでは私、まるで監禁状態だわ」

二人がけのソファに座り、読書をするルーチェの傍で書類に目を通していたリベルトが、無言のまま視線を返した。

何の感情も読み取れない強張った瞳だ。こういう瞳で見つめられると、ルーチェでも時折ぶるりと震えてしまう。

「……監禁……？」

「……言いすぎかもしれないけれど……そういうふうに感じてしまうの。だってこの部屋から外には出られないし、公務も急に取りやめてしまって……みんなからのお見舞いの品だって、私の手元には来ないわ」

「どんな品が紛れているかわからない。あなたを害そうとする者がいると言っただろう？」

「ええ、教えてもらったわ。でも、さすがにここまではやりすぎだと……思うの……」

リベルトの瞳が、鋭さを増す。この瞳は、何を言っても我を曲げないときのものだ。

夢の中のリベルトも自分を閉じ込めていたが――こういう目はしていなかった。とても辛そうな顔ではあったが。

（どこか泣きそうな顔を、していて……）

つきり、とこめかみの辺りに鋭い痛みが生じ、指先で押さえる。リベルトがすぐさま心配げに顔を覗き込んできた。

「どうした。どこか具合が悪いのか。アロルドを……」

大丈夫だと言って慌てて止め、安心させるために笑みを浮かべる。リベルトは納得してはいなかったが、ひとまずとどまってくれた。

「公務も少しずつではあるけれど、順調にこなせるようになったわ。今、急に休んでしまったら、身体が悪くなったのかと思われない？」

「そうだな。だが駄目だ。ここから外に出たら、何が起こるかわからない」

「命を狙われるって言っていたわね。ならばここに引きこもっているよりも、あえて外に出て、おびき寄せるというのは……」

「──駄目だ‼」

空間がビリビリと震えるかと思うほどの鋭く厳しい声で、リベルトが叱責する。ビクッ、と大きく身を震わせ、彼を見返す。

リベルトがハッと我に返ったように大きく息を吐いた。

「大声を上げてすまない……だが駄目だ。あの男を見つけるまでは、ここを出ないでくれ」

（あの男……？）

犯人の目星がもうついているというのか。ルーチェは身を乗り出す。

「もう犯人の目星はついているの？　私にできることがあれば何でも協力するわ。誰が犯人だと……」

「駄目だと言った。聞き分けてくれ。言うことを聞かないのならば、縛りつける」

「……え……？」

予想外の言葉に衝撃を受け、ルーチェは軽く目を瞠る。リベルトは冷ややかな瞳で見返しながら無言で胸元のタイを解き、ルーチェの両手を摑んだ。

　凍った瞳のまま両手首を重ね、タイで縛る。

「俺がいいと言うまでは、絶対にここから出るな」

「リベル、ト……」

　これ以上反論すれば、束縛はこれだけで済まないことがわかる。いつにないリベルトの厳しさに、ルーチェは小さく息を呑んだ。

（でも……これ、私……知っている……？）

　手首を縛められたことに、既視感があった。

　過去にこんなふうにされたとわかる。夢の中でも、リベルトが哀しげな顔で手首を縛めてきた。

「……リベルト……私、これ……前にあなたにされたことが……あるわ……」

　ハッ、とリベルトが小さく息を呑む。そしてどこか慌てたように縛めのタイを解いた。

「すまない。冗談がすぎた。ただそれだけ俺が本気だということはわかってくれ。安全だと思えるまではここに……ルーチェ……？」

　手首に痛みはない。縛られた痕も残らない。それでもルーチェはじっと手首を見つめる。

　リベルトが呼びかけてくる声も理解しているが、返事ができない。

　きっかけが与えられ、混濁していた記憶が一気に整理された。

なぜ、こんなふうに自分はリベルトに縛められていたのか。ジーナが目の前で殺されたあと、自分がどうなっていたのか。そして——誰が、自分に薬を飲ませたのか。

『これを飲んで眠って……次に目覚めたときは、世界は一変していると約束する。あなたを傷つける者はどこにもいない。あなたを虐げる者もどこにもいない。あなたはもう一度、心から笑って、安らかに日々を過ごせるようになる。必ずその世界を作ると、約束する』

(ああ、そうだわ。あなたがそう言って、私に薬を——飲ませた)

まるで最後のくちづけを交わすかのように、口移しで、ゆっくりと。

ルーチェは視線を上げる。心配そうに曇る深い緑の瞳を見返す。そして、言った。

「……私に薬を飲ませたのは……リベルト、よね……?」

リベルトが頬を強張らせた。息を呑んでルーチェを見返すが、それから微動だにしない。

「私に薬を飲ませて……十年、仮死状態に、したのよ、ね……?」

リベルトは答えない。ルーチェは何か言ってくれるのを待つ。

だがどれだけ待っても、リベルトの唇は動かない。

「……リベルト……?」

石になってしまったのかと妙な不安がやってきて、そっと頬に指を伸ばす。触れようとすると、リベルトがその手を握ってきた。

「……思い、出したのか……」

「そう、ね……そうね。思い出したわ。あれほど思い出せなかったのに……きっかけがあれば、こんなに簡単に思い出せるものなのね……」

そうか、ともう一度低く頷いたあと、また沈黙する。ルーチェ自身も何を言いたいのかよくわからず、口を噤んだ。

重い沈黙が漂った。しばらくしてそれを破ったのは、リベルトだった。

「少し、待っていてくれ」

リベルトはルーチェの書き物机に歩み寄り、引き出しからペーパーナイフを取り出した。なぜそんなものを、と戸惑う。

手渡されて握ると、その手をリベルトの左手が包み込んできた。そのまま彼の首に引き寄せられ、頸動脈の上に刃をぴたりと押しつけて固定される。

何をするつもりなのかを瞬時に悟り、大きく目を見開く。狼狽えるルーチェに反し、リベルトは落ち着いた表情だ。

空いている手が伸びてきて、ルーチェの頬を撫でた。優しく、愛おしげに――触れるのはもう最後だというように。

「あなたの十年を奪ったのは俺だ。それをあなたが恨んでも当然だと思っている。許せないとしても、仕方がない。だからここで、あなたに詫びよう。……すまなかった」

睫の影を落とした緑の瞳は深い色合いで、今、リベルトがどんな感情を抱いているのか読み取らせない。ルーチェは喉の奥が詰まった感覚に襲われ、かすかに唇を震わせる。

「俺がいなくなったあとのことは、双子とアロルドに命じてある。俺があなたを守れなくなっても、あなたが安全に、何も困ることなく生活できると保証する。殺したいと思えば殺してくれていい。それ以外の望みがあれば、どんなことでも従う。だが、少しだけ待ってくれないか。あの男を潰すまでは待ってくれ。それが終わればどうしてくれても構わないから」

リベルトに膝枕をしたとき、彼は自分に万が一のことがあったとしても不安にならなくていい、すべて手配してあると言っていた。あのときは、そんなことまで考えさせてしまうことが申し訳なかった。

だがあの言葉は、こんな意図があって口にされたものだったのか。

（私に殺されることを望んで……？）

それをすでに、彼の未来の中に織り込んでいたというのか。

腹の奥に、言いようのない怒りがこみ上げてきた。今の気持ちをどう言い表せばいいのか、わからない。

ただ、哀しくて空しい。薬を飲ませたのがリベルトだと思い出しても、彼を殺したいなどと思うわけがないのに。

（ならば私は何を思ったの……？）

ルーチェは大きく息を吸い込み、空いている方の手を振り上げた。そして渾身の力を込め

てペーパーナイフをリベルトの首から引き離しつつ、彼の頬を張り倒す。

乾いた音が、室内に響いた。不意打ちの平手にリベルトが驚き、大きく目を瞠る。

一瞬だけ力が緩んだ。その瞬間を逃さず、ペーパーナイフを部屋の隅に放り投げる。そして知らず涙目になりながらリベルトを睨み、怒鳴りつけた。

「馬鹿！　馬鹿馬鹿馬鹿馬鹿!!」

叩かれた頬を押さえることもできず、茫然とリベルトが見返してくる。溢れ出す涙を堪えられないまま、ルーチェはリベルトに抱きついた。

「殺してくれなんて、言わないで……!!　私、そんなこと、思いもしなかったわ!!」

「ルーチェ……？」

困惑した声で、呼びかけられる。ルーチェは額を押し当てるようにリベルトの顔を覗き込んだ。

「あなたがあの薬を私に飲ませる決断をしたのは……私の身体と心を守ってくれるためだって、わかったわ。ジーナさまが亡くなって心のよりどころの一つがなくなってしまって……あのときの私はとても辛くて哀しくて、でもそれはあなたも同じで、私のせいであなたのお母さまが消えてしまったことがとても申し訳なくて……死、死んで償うしかないって……思って……っ」

当時の自分は、その罪悪感に耐えきれなかった。三人で過ごしてきた日々は、それだけ大事なものだった。

リベルトにどう詫びればいいのかわからず、だったら殺してくれと、そう願うことしかできなかった。だが言われた方は、どうだったのだろう。

大事にしている者に、殺してくれと願われたら。

（私は酷いことを言ったんだわ）

償うために自分を殺してくれていいと言ったときに感じた気持ちを、彼もあのとき、感じたのだ。

今のルーチェとは違い、世界のすべてが敵としか見えなくなってしまったあの時期に、最後に残された大事な者にリベルトはそう言われたのだ。当時十五歳だった彼の苦悩は、どれほどだったのだろう。

「……ごめんなさい……私、あなたに、酷いことをして……」

「違う。あなたは何も悪くない。あのときの俺に力が足りなかった。それだけだ」

「それも違うわ。私の心が弱かっただけよ」

嗚咽（おえつ）を飲み込んで言うと、リベルトがぎゅっと強く抱き締め返してきた。

「それならば、俺も……弱かった」

ルーチェは彼の肩口に額を押しつけて、激しく首を横に振る。

リベルトは弱くない。この十年、ルーチェはただ眠っていただけだ。だがリベルトは、ルーチェが目覚めたときのために少しでもいい世界にしたいと、奔走してくれていたのだ。

何を言えばいいのだろう。胸の奥から強烈に湧き上がる愛おしさとともに、伝えたい気持ちがある。だがそれが何なのか、上手く言葉にできない。

ルーチェは改めてリベルトの顔を見る。

「――ありがとう」

リベルトが、驚きに大きく目を瞠った。

そうだ。謝罪よりも先に、この言葉を伝えるべきだったのだ。

「私の心も身体も守ってくれて、ありがとう。私が目覚めるまで待ってくれて、ありがとう」

見開かれたままの緑の瞳が、潤んだ。えっ、と思うより早く、リベルトの精悍な頬を透明な涙が一粒、滑り落ちていく。

リベルトがそっと目を閉じて、額を押し当ててきた。

「……礼を言われるとは、思わなかった……。俺があなたにしたことは、許されることではないと思っていたから……」

奪われた十年、そして世界から取り残された十年は、こんなに簡単に許してしまっていいものではないのだろう。だがリベルトがそれをせざるをえなかった理由は、充分に理解できる。ルーチェが目覚めるまでの十年、彼は一人で孤独に戦っていたのだ。

それを思えば、責めることはできない。ただ、もう一人で苦しまないで欲しいと願う。

「ねえ、リベルト。もう二度と、私を置いていかないで」

額にかかる前髪を、そっと指先で除けながら言う。リベルトが視線を上げた。

深い緑の瞳の中に、自分の姿が映っている。リベルトは十年間、そこに目覚めない自分の姿を映し続けてきたのだ。

「私にできることはあまりないかもしれないし、できることがあったとしてもあなたに比べれば大したことがないともわかっているわ。それでも、あなたが辛いときや哀しいときは寄り添っていたいの。大切で、愛していて、喪いたくない人だからよ。あなたが私を同じように思ってくれているのならば、もう二度と私を置いていかないで……」

「約束する」

まるで神に誓うかのように、リベルトは断言した。そしてすぐに続ける。

「ならばルーチェ。あなたも俺を、絶対に置いていかないでくれ」

「約束するわ。あなたの傍を、絶対に離れない」

ルーチェも同じように、誓う。ふ……っ、とリベルトの唇に穏やかな笑みが浮かんだ。

どちらからともなく頬を寄せ、唇を重ねる。

柔らかく啄（ついば）まれて目を閉じた直後、リベルトが急に激しく深くくちづけてきた。驚いて反射的に逃げ腰になると、両手で頭を抱き締められ、舌を搦（から）め捕（と）られる。

「……ん……んぅ……んっ、ん……っ」

応えようと思っても、追いつけない。彼のシャツの胸元を両手で握り締めて、崩れ落ちてしまわないようにすることしかできなかった。

混じり合った唾液(だえき)が、熱い。飲み下せばまるで媚薬(びやく)のように、身体を熱くする。

くちづけがようやく終われば力はすっかり奪われていた。胸を激しく上下させ、蕩(とろ)けた瞳で見返す。

獣性を宿すギラついた瞳が、食い入るようにこちらを見ていた。ドキリと鼓動が跳ねると同時に、下腹部が疼(うず)く。見つめられただけで、蜜口(みつくち)から蜜が滲み出すのがわかった。

まるで、今すぐリベルトに抱かれたがっているかのようだ。

「あなたを抱きたい。今すぐ」

心の内を見透かされたのかと、一瞬、慌てる。

頷くより早くリベルトの手がドレスの襟に伸び、強く掴んだ。身頃が耐えきれず、くるみボタンが弾き飛び、生地が引き裂かれる嫌な音がする。

ずっと部屋にこもっていたためにコルセットは身に着けていなかったため、乳房が露(あらわ)になった。リベルトの両手が二つの膨らみを掴み、押し上げて、すぐさま乳首を指と舌で愛撫(あいぶ)する。

あまりの性急さに驚いて、身を捩(よじ)る。

「……あ……待、待って……ベッド、で……」

「駄目だ。待てない。今すぐ欲しい……！」

まったく余裕のない低い声で呻くように言って、リベルトが愛撫に反応して固く尖り始めた頂に歯を立てた。甘い刺激的な快感に打ち震え、ルーチェも濡れた瞳で見返しながら言ってしまう。

「……私も……今すぐ、あなたが欲しい……」

そう言ってしまえばもう、リベルトは止まらなかった。


ソファで抱かれ、ドレスは力任せに剝ぎ取られてしまった。座面に両手を押しつけて膝立ちにさせられたあと、臀部を摑んで割れ目を押し開かれた。そのまま一息に剛直を飲み込まされ、背後から攻められた。

「あっ、あぁっ！」

互いの肌がぶつかり合う音がするほどの激しさに、ルーチェはあっという間に達してしまう。一番奥に入り込んだまま動かず射精をやり過ごした肉竿が、ずるりと引き抜かれる。

次には絹の靴下と靴下留めだけという淫らな姿で床に押し倒され——最奥に精を注ぎ込まれた。

絨毯（じゅうたん）のおかげで身体の痛みはそれほどでもなかったが、リベルトは落ち着く様子がまったくなく、ベッドに抱き運ばれ、今度は枕を背もたれに寝そべった彼の腰を跨（また）ぐ体位で突き上げられた。

自重で落ちるたびに子宮口まで亀頭で押し広げられ、あまりにも深い侵入に身を捩ってしまう。リベルトは指を絡め合わせて両手を繋ぎながら、力強く突き上げ続けた。

「あっ、あっ、また……また……っ!!」

「ああ、達してくれ。あなたのそのときの顔は……いつも、たまらなく興奮する……っ」

突き上げがさらに激しくなった。

律動に合わせて長い髪と乳房が揺れ動く。正常位で愛されるときよりも自分が乱れている姿をはっきりと見られているように思え、それがたまらなく恥ずかしいのに——身体は興奮し、入り込む男根をぎゅうっ、と強く締めつけてしまっていた。

リベルトが息を詰め、一層激しく突き上げてくる。後ろに倒れそうになれば、膝を立てて背を支えてくれた。

「……あ、もう……い、く……っ!!」

「ああ、俺も……っ」

きつく手を握り合って、同時に達する。びゅく、びゅくっ、と最奥に叩きつけられる熱い精の感触に大きく息を吐き、ルーチェはリベルトの胸に倒れ込んだ。

リベルトの汗で濡れた胸も、激しく上下している。髪を撫で、柔らかいくちづけを与えられ、さすがにもう終わりだろうと目を閉じたが——恥丘(ちきゅう)にごりっ、と押しつけられた濡れた肉棒は、まだ硬度と角度を保っていた。

一体あとどれくらい果てれば、満足するのだろう。慄(おのの)きと求められる喜びがない交ぜとなって蜜壺(みつつぼ)に伝わり、知らず、肉棒を緩やかに締めつける。

リベルトが小さく笑った。

「……まだ、いけそう、だな……」

声は掠(かす)れていたが、精気は漲(みなぎ)っていた。ほぼ力が入らない状態のルーチェの両脇をひょいっと抱き上げ、男根を引き抜く。

「……あ……んぅ……っ」

出ていく感触にも打ち震える。リベルトはルーチェを仰向(あおむ)けに押し倒すと、膝を真横に倒すほど大きく押し広げた。

蜜口があられもなく晒される。膝立ちになったリベルトが広げた足の間に入り込み、反り返った肉棒を入り口に擦りつけてきた。

もう何度も精を放たれたそこは、愛蜜と混じってぐちょぐちょだ。丸みを帯びた先端で焦(じ)らすように擦られると、ルーチェも再び熱を覚え始める。

「……ルーチェ……ルーチェ……っ」

低く名を呼びながら、擦りつけられる。少し歪んだ端整な顔が、気持ちいいと教えていた。太く、逞しく、長い。あんなに脈打って筋が浮き立つものを、自分は歓喜とともに受け入れているのだ。

(不思議……)

純粋な興味で見つめていると、視線に気づいたリベルトが微苦笑しながら言った。

「そんなふうに熱く見つめられると……それだけで、出そうだ」

ぷく、と先端から先走りの透明な雫が膨らみ、肉竿の表面を滴り落ちていく。

リベルトは自ら男根の根元を掴んで支え、ルーチェに見せつけた。何度も受け入れているのに、本当にリベルトのものか疑ってしまう。

すぐに何かいけないものを見てしまったような気持ちになり、慌てて目を逸らそうとするのに――できない。

(あの先、から……私の中を熱く満たすものが……)

「……触ってみても、いい……？」

気づけばそう問いかけていた。

リベルトが驚きに軽く目を瞠り、ルーチェはハッと我に返った。なんてことを口にしたのか。

「ごめんなさい、変なことを言って……!!」

気まずいやら恥ずかしいやらで、両手で顔を覆ってしまう。リベルトが息だけで笑い、ルーチェの身体を起こした。

「構わない。俺のものは、あなたのものでもある」

向かい合って座らされ、リベルトがルーチェの手を男根に導いた。掌に亀頭の先端が触れ、熱く固くぬるついた感触に、ビクッ、と手を引っ込めそうになる。

「これが、俺、だ。好きなだけ触ってくれ……」

今にもくちづけられそうなほど至近距離で、ルーチェの目を見返しながらリベルトは言う。

小さく頷くと、リベルトは両手で男根を包み込ませた。

は……っ、とリベルトが色気のある息を吐く。

「……ああ、たまらない。あなたの柔らかくて優しい手が……俺を、握っているのか……」

ただ触れただけで達してしまいそうな、感激した声だ。いつも自分を満たして気持ちよくしてくれるリベルトに、同じ思いをして欲しい。

自然と湧き上がってきた気持ちが手に伝わり、恐る恐る肉棒を両掌で擦る。ぎこちなくゆっくりと、下から上へ——そして上から下へ戻る。リベルトが軽く息を詰めたが、とても心地よさげに目を細めた。

「……ああ、いい……気持ちいい、ルーチェ……」

褒められて、何だかとても嬉しくなる。彼を喜ばせることができるのだと思うと、手の動きも大胆になった。

（嬉しい。もっと気持ちよくなって欲しい……）

男根が蜜壺を出入りするときのことを思い出し、両手を筒のようにして握り締め、上下に動かす。放った精の名残と自分の蜜が潤滑剤となり、予想以上に動きは滑らかだった。

「は……っ、ルーチェ……。それ……い、い……」

リベルトの息が弾んでいく。目元が赤くなり、瞳が熱を宿し、食い入るようにこちらを見返してくる。

睫が触れ合いそうなほど間近にある瞳を魅入られたように見返し、ルーチェは懸命に手を動かした。少しでも、自分と同じ快感を感じて欲しい。

不意にリベルトの片手が下腹部に触れ、そのまま恥丘へ撫で下り、足の間に入り込んだ。巧みな指戯で蜜口を弄られ花芽を摘まれて、腰をくねらせる。

「……だ、め……そこを弄った、ら……できなく、なる、わ……っ」

「あなたにばかり奉仕させるのは申し訳ない。俺も、あなたを蕩かせたい……」

瞳を閉じることなくくちづけられて、リベルトの骨張った指が蜜壺の中に入り込む。軽く曲げられた中指と人差し指が、男根を出入りさせるかのごとく激しく動いた。負けられないと妙に対抗心を刺激され、ルーチェも懸命に手を動かす。

「あ……それ、駄目……っ！」

だが感じる場所を的確に甘く刺激されてしまえば、手の動きも自然と止まりがちになった。身をくねらせ、捩っても、リベルトの愛撫からは逃げられない。

鉤状に曲げられたリベルトの指が臍裏の感じる部分を擦りながら、中に留まったままの精を掻き出してくる。どろりと内腿を伝い落ちる熱い雫の感触にも感じて肌が粟立った。

「……や……駄目、駄目、やめて……掻き出さない、で……っ」

思わず泣き濡れた声で、いやいやと首を横に振ってしまう。リベルトが唇を時折啄みながら言った。

「だが掻き出さないと気持ち悪い、だろう……？」

「嫌……せっかく、中に……入れてくれたの、に……」

手の中の男根が、さらに大きくなった。えっ、と驚いて見返すより早く、リベルトがルーチェを押し倒し、両足の間に腰を入れ、一気に根元まで入り込んできた。

「……ああっ!!」

衝撃を伴う挿入に、視界にチカチカと白い光が飛ぶ。子宮口を押し広げるひと突きに気持ちが落ち着く間もなく、猛烈な勢いで揺さぶられた。あまりの激しさに喘ぎ声も掠れ、シーツを握る指もガクガクと震えた。

「……ひ、ぃ……あ……駄目……壊れ、ちゃ……っ」

無言のまま、リベルトが腰を打ち振る。がつがつと最奥を攻め立てられ、ついに声にならない喘ぎを上げて達した。だが達したにもかかわらずリベルトは腰の動きを止めず、さらに速さを増す。

絶頂を迎えている蜜壺をそんなふうに虐められてはたまらない。ビクビクと戦慄く身体を、獣のような荒い呼吸で激しく貪り――リベルトが低く呻いて腰を突き出した。

ようやく欲望が放たれ、体内を満たす熱に打ち震える。リベルトは最後の一滴まで注ぎ込むために何度か小刻みに腰を突き入れた。

「……は……っ」

力尽きたのか、リベルトが覆い被さってきた。重みをかけないように気遣いながら唇に甘く蕩けるくちづけを与え、少々恨めしげに言った。

「あまり、煽るな……本当にあなたを、壊してしまう……」

そんなつもりはまったくないと言いたいが、言葉が上手く出てこない。同時に、強い睡魔がやってくる。

目が覚めたら、絶対に反論しなければ。そんなことを思いながら、耐えきれずに目を閉じる。彼が愛おしげに髪を撫でてくれるのがわかった。

本当の意味で心を通じ合わせたあと、リベルトはこれまでの十年間にしてきたことを細かく教えてくれた。

長い話の中で、彼が歩んできた道はとても厳しく険しいものだったことがよくわかった。ときには非道な手段を取らざるを得なかったことも、言葉を選びながらも教えてくれたことが嬉しかった。その中で、彼がセストをどのように処罰したのかも知った。

数日後、アロルド自身も『男』の姿を目にし、外見はずいぶん変わり果てたとはいえ間違いなくセスト皇子であることを確認したと報告が上がった。

罰を受けて命を落としたはずの男がなぜ生きていたのか。ルーチェには予想することができない。

それだけ、生きる執念が強かったということなのか。ぞくりと身震いすると、リベルトが安心させるように抱き寄せてくれる。

彼の温もりを間近に感じていると、過去に震える心も身体も、徐々に落ち着きを取り戻した。ルーチェは大きく息を吐いて気を取り直し、背筋を伸ばす。

自分は皇妃だ。リベルトの隣に立つ者として、恥ずかしいことはしたくない。

離宮の夫婦の居間で、ルーチェはリベルトとともにアロルドからの報告を受ける。

「セスト皇子を匿（かくま）っているのは、アバティーノ伯爵だということまで掴めました」

リベルトに進言するために執務室を訪れたあの貴族たちの中で、リーダー格だった男だ。だとすると、あのときいた者たちはリベルトの敵一派ということか。

「セスト皇子に助力することで、陛下を退位に追い込むつもりでしょう。正当なる後継者はセスト皇子だと彼らは思っているようですから」

「血縁的なものを考えれば確かにそうかもしれないけれど……でも、セスト皇子では駄目よ。せっかくリベルトがこの帝国をここまでよくしてくれたのよ。それが全部無駄になるわ」

きつく両手を握り締めて、ルーチェは言う。あんな男が皇帝になるなど、認められない。

「皇帝に相応しいのは、リベルトよ。リベルト以外にはいないわ」

きっぱりと断言すると、リベルトが優しく微笑む。ありがとう、と礼を言われ、何だか照れてしまった。

「証拠はあるか」

「まだ確たるものは摑めていません。それについてはもう少しお時間をください。必ず、尻尾を摑みます」

「……そうだな……」

リベルトが目を伏せ、思案する。

確たる証拠を摑んでからでないと、捕まえるにしても逃げられてしまう。リベルトが恐れているのはそれを探っている間、ルーチェが狙われるかもしれないということだろう。

セストはリベルトを恨んでいるはずだ。自分と同じ目に遭わせてやると思ってもおかしくはない。少なくともルーチェの知るセストは自己中心的で、欲しいと思えば何でも手に入れようとし、邪魔するものは力でねじ伏せる。弱き者を虐げることに悦(よろこ)びを覚える男だった。

（そうよ。私を手に入れようとしたときだって……）

ただ、ちょっと自分の好みの容姿をしていたから。それだけの理由だったのだ。

「ルーチェの身の安全は、一番に考えるべきだ。やはり公務はしばらく休んだ方がいい」

「……リベルト、あの……私を上手く使うことはできないのかしら……？」

「……なんだと……？」

「セスト皇子が私を狙う理由は、多分、あなたが私を大事にしてくれているからよね。私を殺すことでリベルトを苦しめようとしている……のでしょう？」

リベルトが眉根を寄せる。ルーチェとアロルドしかいないからか、不快感を隠さない。

「あなたは絶対に殺させない」

「ありがとう」

リベルトの手を握りながら、礼を言う。アロルドが渋い表情で頷いた。

「……おそらく、そうだと思われます。ルーチェさまを一番酷い方法で奪い、陛下の心を折った上で、帝位を取り戻す算段でしょう。協力している貴族たちは、そもそも陛下の施政を快く思っていません。いつかは必ず反撃すると、牙を研いでいる者ばかりです。……それでも、この十年の間にかなり減ったのですが」

「そうだな。あとはアバティーノ伯爵たちくらいか。他はほぼ風見鶏だ。俺に不満を持っても、反撃をするほどの力量どころか度胸がない。充分に押さえられる」

ならば今、セストに助力している者たちを一網打尽(いちもうだじん)にできれば――これからのリベルトの治世はもっと安定するだろう。ルーチェは小さく息を呑んだあと、二人に言った。

「やっぱり私を……囮(おとり)に使うのはどうかしら……？」

「駄目だ！」

ある程度その提言は予測していたようで、すぐさまリベルトに鋭く否定された。恐ろしい響きの声に身を震わせてしまったものの、改めて彼を見返して言い重ねる。

「その方が早く解決すると思うの。私を囮にして、関係者を一斉に叩くのが一番良いわ。そのためにどうすればいいかは、すぐには思いつかないけれど……リベルトならば、いい作戦を思いつけるでしょう？」

「駄目だと言った。あなたを危険な目に遭わせるつもりはない！　他の方法を考える」

「リベルト、お願い。私を使って」

リベルトの手を握り、緑の瞳を真摯に見返す。リベルトは優しくルーチェの手を振り解くと、頬を撫でた。

「俺はあなたを、もう二度と喪いたくないと言ったはずだ……！」

「ええ、わかっているわ。でも、私を使えばことが早く解決するのならば、その方がいいと思うの。私もあなたと一緒に、戦いたいの。……我(わ)が儘(まま)だってわかっているわ。でも、このくらいしかできないから……」

心配してくれているのは充分に承知している。だが、あまり時間をかけるのはよくないと思うのだ。

敵の姿が明確になっているのならば、早めに潰すべきだ。彼らが新たに力をつける可能性だってある。そのことを、リベルトもわかっているはずだ。

「それにリベルトが何があっても私を守ってくれると、信じているの。そうでなければこんな無茶な提案はできないわ」

リベルトはきつく眉根を寄せ、黙り込んだままだ。一瞬背筋が震えるほどの厳しい表情だが、緑の瞳にはこちらを心配する光しか浮かんでいない。

ルーチェは両手でリベルトの頬を撫でながら、宥めるように繰り返す。

「無茶はこれきりにするわ。だからお願い、私を使って。これで、終わりにしましょう」

無言で見守るアロルドの前で、やがてリベルトは大きく息を吐き出した。

「わかった。この一度きりだ。これで終わらせて、二度とあなたにこんな提案をさせないようにする」

ルーチェの手を口元に引き寄せ、嘆願するように指先にくちづけながらリベルトは言う。

ルーチェは強く頷いた。

【第八章　反撃】

（だからといって護衛役を自ら担うなんて……!!　それこそ、絶対にしてはいけないことではないの!?）

ルーチェはじとりと目を眇め、怒りの表情を隠さず支度を整えるリベルトを見つめた。

アロルドの手を借りて手早く着替えているが、リベルトは何も言わない。こちらの物言いたげな視線に気づいているだろうに。

身支度を手伝っているのは、もう一人いる。この執務室に『リベルト』として残る影武者の青年だ。

同じ年頃で、背格好や髪の色、瞳の色も同じだ。顔立ちは真正面から向き合ってしまうと、違う人物だとすぐにわかる。だが、執務で接するのは皇帝リベルトに恐れ慄く者たちばかりで、目を合わせるどころか、顔を上げることすらできない者が大半らしい。

そうでない場合は、影武者は窓の外を見る振りをして背中を見せる。会話は頷く程度で、ほとんどはそのときの傍付きである者が会話する。あとは一度くらい肩越しにちらりと冷酷な視線を投げれば、完璧らしい。

（確かに、ぱっと見ただけではリベルトだと思ってしまうわ……）

影武者はあと二人いるとのことだ。一番似ているのは彼らしい。影武者の彼らは日々、リベルトの所作や外見を研究しているという。

影武者の存在を知ってはいても、こうして対面するのは初めてだ。自然とリベルトとの違いを探してしまい、気づけばじっと見つめている。

影武者の青年が居心地悪そうな顔になり、リベルトが少々憮然（ぶぜん）とした声で言った。

「ルーチェ、見すぎだ」

小さく謝って向き直れば、リベルトの身支度はすっかり整っていた。

皇城を守る衛兵たちの制服だ。黒を基調とし、動きやすさを重視した簡素なデザインだ。腰には細身の剣を下げている。そしてジャケットの内ポケットには、短銃がしまわれているはずだった。

衛兵たちと違うのは、リベルトの首から上が黒い布地でぐるぐるに覆われていて、目だけしか出ていないところだ。前髪の先と双眸（そうぼう）しか見えない姿は見ただけで異常で、遠巻きにされること確実である。誰も彼が皇帝だとは思わないだろう。

ルーチェが慰問先で知り合った青年で、幼い頃に熱湯を被ったことで顔が醜（みにく）く焼けただれており、人前に出るにはこうした姿でなければ驚かれるから、という設定だ。腕に覚えがあると売り込まれ、この公務の護衛で成果が出れば皇城の護衛として雇うことになる。能力ある者には相応の立場を与えるべきだとリベルトが考えたがゆえの、試しの政策だと周囲には話してあった。

ルーチェが危険な目に遭わないよう、リベルトが護衛につく。そうでなければこの囮作戦は認めないと言われたのだ。

もちろん悟られないよう、リベルトの部下たちが、使用人や他の護衛役に扮している。だが、囮になるために多くは連れていない。

ましてや今回でっち上げた公務は、王都の外れにある教会へ、次のチャリティバザーの打ち合わせに行く、というものだ。ぞろぞろと使用人たちを引き連れていくものではない。

そうやって隙を見せて、仕掛けられるのを待つ作戦だ。

アバティーノ伯爵は、この情報を得ると自分も同行させてくれないかと言ってきた。

食いついてきた確信を得るものの、同行されればリベルトの正体がばれてしまう。皇妃然とした笑顔で丁寧に、しかしきっぱりと断った。一応笑顔で受け止めたものの、退室する際にアバティーノ伯爵が舌打ちしたのを、ルーチェは聞き逃さなかった。

護衛役があと一人、そしてイルダとエルダが同行することになった。

皇城から用意された馬車に乗り、目的地へと向かう。狙われているとわかっていれば、やはり緊張してしまう。

護衛役だからこそ同乗を許したリベルトが、ぎゅっと手を握ってくれた。

「大丈夫だ」

深い緑の瞳と強い声音に、ルーチェは頷く。そうだ。もう二度と脅かされないために、こうして一緒に立ち向かうのだ。

しばらくは何事もなく馬車は進んだ。城下町を出ると森の中を突っ切る道に入る。怪しい感じはなく、もしかして作戦は失敗だったのかと思い始めた直後、馬の嘶きが上がった。

馬車が大きく揺れ、横転しそうになる。リベルトが抱き寄せ、守ってくれた。

何が起こったのか、問いかける間もない。馬車の外で乱闘の声が上がる。息を詰めるルーチェを強く抱き締めたままで、リベルトは双子と視線で何か会話しているようだった。

しばらくすると、外が静かになる。リベルトが耳元で低く囁いた。

「下手な抵抗は絶対にしないでくれ。大丈夫だ。何があっても俺たちが守る」

双子も無言で強く頷く。とても心強く、震える心が落ち着いた。

扉が開くと屈強な体格の男が顔を見せた。頰に傷と、無精髭がある。平民の格好をしているが清潔感はない。

「おい、出ろ。言うこと聞かねぇと酷ぇ目に遭うぜ」

「こちらの方がどれほど尊い身分の御方か、わかっていての狼藉ですか」

イルダが静かに問いかける。男は面倒臭そうに頷いた。

「わかってんよ。その女、皇妃だろ？」

男の目が、ルーチェを捉えた。ビクリと震えたものの、リベルトが男の視線を遮るためにさらに抱き寄せてくれる。

「とりあえず、必要最低限の傷しかつけちゃいけねえことになってんだ。おとなしくついてくるってんなら、何もしねえ」

少しでも抵抗すれば、足の一本でも折られるのかもしれない。ただの荒くれ者とは思えない落ち着いたすごみのある雰囲気に、この手のことに関してそれなりの玄人なのだとわかる。

息を呑むルーチェを抱き締めたまま、リベルトが低く頷いた。

「わかった。俺たちは皇妃さまの無事を最優先としている。無駄な抵抗はしない」

「物分かりがよくて助かるぜ。この間頼まれた仕事は、ずいぶん抵抗されてな。結局、依頼主のところに連れてくまでに瀕死になっちまってよ。報酬が半分に減っちまったんだ」

渋い顔で言いながら、男が身を引く。リベルトの腕に守られながら馬車を降り、ルーチェは危うく悲鳴を上げそうになった。

馬車の周りには、御者と護衛の青年が倒れ伏している。呻き声が聞こえたが、血の匂いはしなかった。男が小さく笑った。

「殺しちゃいねぇよ。それは依頼に入ってねぇ」

命を奪われていないことに、ホッとする。

馬は脚を傷つけられて蹲(うずくま)っていた。仲間と思われる男が二人いて、彼らが用意したと思われる馬の手綱(たづな)を握っていた。

馬は四頭だ。男たちはそれぞれ馬に乗り、先ほどの男がルーチェの腕を摑んで引き上げようとする。

(リベルトと、引き離される……!)

瞬時にルーチェは額を右の手の甲で押さえ、後ろに倒れ込んだ。

「皇妃さま!」

リベルトと双子が慌てて支えてくれる。ルーチェはがたがたと震えながら続けた。

「……ご、ごめんなさい、みんな……あ、あまりにも恐ろしくて、目眩(めまい)がして……か、身体が動かないわ……」

もちろん、演技だ。だがこういった荒事に慣れていない高位貴族としては、仕方のない反応だと思ってもらえるはずだ。

リベルトが男たちに言う。

「お前たちと一緒では、皇妃さまが失神してしまう。俺か、侍女と一緒に乗せた方がいい。もし逃げる素振りをしたら、斬り捨ててくれて構わない」

リベルトの言葉はある意味潔く、男たちはしばし考え込んだあと仕方なさげに嘆息した。

「お貴族さまってのは本当にこういうとき、面倒臭ぇな……」

思わず零れた本音があったものの、男たちは意外なほど素直に頷いてくれる。ルーチェはリベルトの腕を摑んだ。

「あ、あなたが一緒に……！　お願い……！」

「私たちからもお願いします。非力な女の身では、皇妃さまをお守りできません……!!」

双子もこちらの意図を汲んで、言ってくれる。男の一人がエルダの腕を摑み、自分の馬に引き上げた。

「んじゃ、俺はこっちの姉さんを連れてく。このくらいの楽しみがないとなー」

言いながらエルダの胸や尻、太腿などを服越しにいやらしく撫で回した。

エルダは小さく震えながら身を強張らせている。……おそらく演技だ。

「じゃあ俺はこっちな」

もう一人がイルダを自分の馬に乗せる。

リベルトが余っている馬に乗り、ルーチェを引き上げた。後ろにはリーダー格の男が位置する。

「よし、行くぞー！」

馬が走り出す。双子たちが心配だったが、さすがに馬上で不埒な行為はできないようだ。小さく安堵の息を吐く。

リベルトが頭の上で小さな声で言った。

「いい判断だった」

声に出さずに礼を言って、ルーチェはリベルトの腕を強く摑む。

これからおそらく、敵の本拠地に行くのだろう。アロルドたちが敵に知られないようについてきてくれているとはいえ、絶対にもう逃がさないと確信を持てるまでは踏み込めない。

この機会を逃がしてはならないのだから。

(怖い……でも、リベルトがいてくれる)

彼が傍にいてくれれば、何か怖いことが起こってもきっと何とかできる。そう思えた。


——連れてこられたのは目的地の教会の近くにある深い森の中だった。森の所有者が管理しているとは思えないほど、鬱蒼(うっそう)としている。

リベルトがルーチェにだけ聞こえるように小さな声で言った。

「ここはソデリーニ男爵の所有地だ」

ルーチェは神妙な顔で頷く。その名には覚えがあった。

皇妃教育の中には、貴族の関係図や勢力図などもあった。ソデリーニ男爵はアバティーノ伯爵の甥だ。やはり、今回の襲撃には、アバティーノ伯爵が関わっている。

「伯爵としても、俺を追い落とす最後の機会だと思っているようだな」

セストを見つけ、匿い、今こそリベルトを廃位に追い込むときが来たと思ったのだろう。だが、それはこちらも同じだ。これを機に、最後の脅威勢力を葬り去る。

（絶対に失敗できないわ……！）

薄暗い森の奥に向かってしばらく進むと、荒れ果てた小屋が見えた。

おそらくは森の管理人が住まう小屋だろう。だが長らく使っていないようだ。

リーダー格の男が、馬を降りてついてくるように命じた。後ろは双子の腕を掴んだ男たちに挟まれる。一応、逃げ出さないための対策らしい。

ルーチェは息を呑み、リベルトを半歩後ろに従えて、前を行く男についていく。皇妃然とした態度は、何とか維持できた。

扉を開けると、意外に室内は広かった。粗末なダイニングテーブルと椅子が二つ、暖炉と窓が二つだ。

「旦那、連れてきたぜ」

一番奥の椅子に座っていた男が、ゆらりと立ち上がった。

ずいぶんと痩せていて、身に着けている平民特有のシャツとズボンが、だぶついている。髪は整えられていたが色素が抜け落ち、艶は一切なく、老人の白髪と同じだった。

左目が黒い眼帯で覆われ、こけた頬に傷痕がある。

罪人が入れられる焼き印だ。顔に入れられるのは、誰が見ても罪人だとわかるようにするためだ。最も重い罪だと判断された証となる。

全体的に痩せた顔のせいか、一つだけ露になっている右目が異様に炯炯と光って見え、本能的な恐怖を覚えた。

一瞬、本当にこの男がセストかと疑ってしまうほどに、様相が変わっている。

だが顔の造りは変わっていない。間違いない。

(この男が、私を……っ!!)

あのときの恐怖、怒り、絶望感が一気に思い出され、ルーチェは駄目だとわかっていても強く睨みつけてしまう。

ふ……っ、とセストの唇が薄い笑みを刻んだ。リベルトがルーチェを背にかばうようにして立つ。

視界が彼の背中で陰ったことに目を瞠った直後、セストの右手がリベルトの首を摑んでいた。

「……っ!!」

危うく彼の名を呼んでしまうところだった。慌てて唇を噛み締める。リベルトは意外にも抵抗することなく、セストに首を摑まれていた。

「……なんだ、貴様は」

セストが低く問いかける。だが喉を押さえつけられていては、呻くような声しか出てこない。

ルーチェは思わずセストの腕を掴んだ。

「私の護衛よ!!　手を離して……!!」

「護衛……？」

低く淀んだ声のまま、セストがリベルトの目を見る。直後、睫が触れ合いそうなほどの至近距離で、リベルトの瞳を覗き込んだ。

「……その目の色、気に入らないな……。あいつと同じ色だ……」

手の力がさらに強くなり、リベルトが息を詰める。ルーチェは何とかその手を引き剝がそうと懸命になるが、びくともしない。

「手を離して!!　私の護衛が死んでしまうわ!!」

「うるさい」

一言冷たく言ったセストの片手が、リベルトの喉から離れた。だがそれはルーチェの頬を叩く。

容赦のない力に身構えることもできず、よろけて尻もちをついてしまう。口の中が切れて、血の味がした。

「ルーチェさま……!!」

双子が男の手を振り解いて駆けつけようとする。だがルーチェは慌ててそれを止めた。自分を守るために抵抗したら、今度は双子が痛めつけられてしまう。

リベルトは無言のまま、絞められた喉を押さえることもせず、セストを睨みつける。急に手を離されて床に片膝をついた格好だったが、瞳から力は失われない。それどころかセストよりも威圧感のある強い力が宿っていて、セストが小さく息を呑んだ。

反撃を何もしていないのに、気圧された――そのことが気に入らなかったのだろう。セストは無言のまま拳を振り上げ、リベルトの顔を、腹部を、殴りつける。次には鳩尾に膝を撃ち込んだ。

「……やめて!!　彼は何もしてないでしょう!!」

「私を睨んだ。たかが護衛ごときが……!!　下々のやつは地べたに這いつくばって、上に立つ者たちの手足となって動くべき存在だ。それ以外に存在価値などない!!」

どうやら片足が不自由になっていると蹴りつける仕草で判断できたが、同情心は一切湧いてこなかった。リベルトは変わらず反撃せず、セストの暴力を受け止め続けている。

ほとんど八つ当たりの暴行に、雇われた男たちも嫌悪感を覚えたのか顔を顰めた。

「……で、旦那。俺たちの仕事はこれで終わりってことで?」

「無能が!」

不機嫌を隠さない声で叫び、セストは床に倒れたリベルトの額を踏みつける。ルーチェは慌ててその足に飛びつき引き剝がそうとしたが、リベルトが止めた。

「……俺のことは、いいのです……皇妃、さま。俺を、助けてはいけません……！」

リベルトが反撃しないことにも、ちゃんと意味があるのだ。ここは我慢しなければ。

「……わかった、わ……。じっと、しています……」

己の無力さを噛み締めて、身体が震える。怒りでこんなふうになるのは初めてだった。

セストが大きく息を吐き、冷たく言った。

「そうだ、おとなしくしていろ。傷物の女など、抱く気が失せる。お前はリベルトの目の前で、私が犯し尽くしてやるんだからな」

ルーチェは大きく目を瞠る。男たちが呆れたように肩を竦めた。

「ああ、わかりやした。ってことは、旦那の部下と連絡を取って、皇帝をここに呼び出してこいってことで」

「少しは頭が回るか。さっさと行け！」

男たちがへえへえと生返事をしながら出ていく。双子がルーチェの傍に走り寄り、守るように抱き締めた。

疲れたのか、セストが椅子に座った。そして改めてルーチェを見やる。

「……本当に十年、仮死状態だったのだな……。十年前と変わらない姿だ。皇城の広場でお前を見たときは、驚いたぞ……」

ルーチェは答えない。無言で、セストを睨むだけだ。

力では敵わないことがわかっているからか、セストの唇が残虐な笑みを浮かべる。その笑みが、記憶の中のものとぴったりと重なった。

自分を玩具にしようと襲ってきたときの、あの笑みだ。

(ああ、セスト皇子。あなたは何も変わっていないのだわ)

「アバティーノ伯爵が、お前の夫を連れてくるだろう。まあ、それなりの役職がないと、お忍びとはいえ皇帝をこんなところに連れてくることはできないからな……。あいつがここに来たら、目の前でお前を犯し尽くしてから殺す。そのとき、あいつはどんな顔をするか……今からとても、楽しみだ……」

喉の奥でこもっていた笑みがやがて大きくなり、セストは天を仰いで高笑いした。

一つだけの瞳には、狂気しか宿っていない。背筋が冷たくなり、ルーチェは唇を噛み締める。

「……狂っているわ……!」

だがその呟きは、セストの高笑いにすぐに飲み込まれてしまった。


陽が落ちて、周囲が暗くなる。セストが双子に命じ、灯りをつけさせた。当たり前のように自分の使用人として扱うことが腹立たしかった。

セストはルーチェに手を出してくることはなかったが、その代わりのように、気が向くとリベルトに暴力を振るった。彼の目の色が気に入らないらしい。

ルーチェが人質となっていて反撃できないのがわかっているからこそ、振るわれる暴力は酷くなっていく。だがリベルトは呻き声を漏らさず、命乞いもしない。淡々と暴力を受け止めている。大丈夫なのかと心配になるが、時折こちらを見返す瞳の力は失われていない。

辺りがすっかり夜闇に包み込まれた頃、こちらに近づいてくる数人の足音が聞こえた。

やってきたのはフードを目深に被った青年と、アロルド、そして同じくフードを目深に被った中年の男とその部下と思われる者たちが数人だ。ルーチェを攫った男たちも面倒臭そうについてきている。

「殿下、お待たせしました」

フードを外したのは、アバティーノ伯爵だ。部下たちの中に、彼の甥のソデリーニ男爵もいた。

アロルドが室内の様子を見て、ルーチェに慌てて走り寄ろうとする。

「ルーチェさま、ご無事で……!!」

「私がいいと言うまで、一歩も動くな」

アロルドがぐっと息を詰め、動きを止める。セストはフードを被ったリベルトの影武者に向かって言った。

「皇帝リベルトだな?」

こくん、と影武者が頷いた。アバティーノも頷く。

「殿下、陛下をここにお連れするにはそれなりの手間がかかりました。どうかそのことはお忘れなきよう」

「ああ、わかっている。私が帝位を取り戻したあと、お前は宰相（さいしょう）だ。私は政（まつりごと）には興味はない。お前にすべて一任する」

「畏（かしこ）まりました。謹んでお受けいたします」

もう皇帝がセストになったとでも言うように、慇懃（いんぎん）な態度でアバティーノは頭を下げる。

ソデリーニ男爵を含めた他の者たちも頭を下げた。

だが雇われた男たちはしらけた表情だ。雇われとはいえ、何だかずいぶんと毛色が違うような気がした。

「椅子に座らせろ」

影武者に雇われた男たちが近づき、空（あ）いている椅子に座らせた。影武者は抵抗しない。

セストは残酷な笑みを浮かべ、次に椅子から動けないように後ろ手に縛らせた。胴体も椅子の背に固定させる。

「皇妃をここへ」

雇われた男のうち、二人がルーチェの腕をそれぞれ摑んでセストの前に連れていく。足を踏ん張って抵抗するが、まったく効果がない。

「リベルト、これからこの女は私のものになる。あのときお前から奪えなかったことが、とても心残りだった。目の前でこの女が私に抱かれ、乱れ、私に抱かれたいと請うようになるのを見ていろ」

「安心して、リベルト。どれほど穢されてもこの男に抱かれたいなんて、口が裂けても言わないから」

反抗すれば酷い目に遭うことはわかっている。それでも言わずにはいられなかった。好きに穢されたとしても、自分の心と身体は、リベルトだけのものだとこの男に宣言したかった。

セストの顔が、不快感に醜く歪む。その手が、ルーチェのドレスの襟を掴もうと伸ばされた。

直後、一陣の黒い風が間に入り込む。そして伸ばされていたセストの右手が、ボキリという嫌な音とともに力なく垂れた。

セストが苦痛の呻きを上げる。

それまで暴行を甘んじて受け続けたために倒れ伏していたリベルトが立ち上がり、間に割り入って、鋭い手刀を撃ち込んだのだ。手刀はセストの手首を折っている。

「貴様……貴様ぁ!!　殺せ!!　こいつを殺せ!!」

アバティーノ伯爵たちに、戦いの心得などない。その命令は、自然と雇われた男たちに向けられていた。アバティーノ伯爵も便乗し、さっさと殺せと叫ぶ。

リベルトたちだけで対応できる人数なのだろうか。わからない。せめて足を引っ張らないようにと、ルーチェはいつでも逃げ出せるようにドレスの裾を持ち上げようとする。

雇われた男たちが、一つ嘆息した。そしてリベルトに問いかける。

「陛下、もう演技はいいですかね」

リベルトが無言のまま、小さく頷いた。

セストたちが大きく目を見開く中、彼らはアバティーノ伯爵たちを次々と殴り倒し、床に伏せさせ、荒縄で縛り上げた。影武者の青年は実際のところ縛られてはいなかったようで、立ち上がると縄は身体を滑り落ちていった。

フードを外せば、リベルトによく似ている——けれども彼ではないとすぐにわかる顔が露になる。アバティーノ伯爵たちが、声にならない悲鳴を上げた。

「陛下では、ない……っ!?」

「そゆこと。あんたたちに俺たちが近づいたのも、陛下のご命令だったからなんだよー」

「じゃなかったら、お前らなんかにへこへこ頭下げるかってんだ」

アルバティーの伯爵たちを次々と手際よく縛り上げながら、雇われた男たちが言う。立っている者はもうセストしかいない。

セストはすぐに気づき、リベルトへと向き直った。

「……貴様がリベルトか!!」

激昂しながらセストが懐から短剣を取り出す。それを振り上げ、リベルトの額に打ち込もうとした。

片足が不自由だとは思えないほど迅速で、神業めいた攻撃だ。これが所謂火事場の馬鹿力というものか。

リベルトは動かない。まさか斬られるつもりなのかとルーチェは慌てて彼に抱きつこうとする。せめて自分の身体が彼の盾になって、兇刃を受け止めてくれればいい。

ルーチェの身体を片腕に抱き、リベルトが半歩、退いた。刃はリベルトの覆面を切り裂き、顔を露にさせる。

「……リベルト……!!」

セストが笑った。ようやく殺すべき相手を見つけたと歓喜する笑みだった。

だがその笑みが、瞬時に凍りつく。

いつの間にか彼の背後に回っていた双子が、息のぴったり合った動きでセストの背中を短剣で容赦なく斬りつけていた。彼女たちはルーチェの護衛としての役目もあり、服の下に様々な武器を仕込んでいる。

セストはすぐには倒れず、肩越しに双子を振り返った。何かを言おうとしたが、それよりも早くイルダが短刀を背中に突き刺した。

「が……は……っ!!」

苦痛の呻きと血を吐いて、セストが倒れた。リベルトはルーチェを腕にしたまま、何の感情も読み取れない凍った瞳でセストを見下ろしている。

「……貴様……貴様ぁ……殺す、殺す……殺す……！」

イルダは無言で短剣を引き抜く。背中から血が溢れ出て、セストの服を濡らす。アバティーノ伯爵たちが、声にならない悲鳴を上げた。

イルダが再び短剣を振り上げ、セストの背中に振り下ろそうとする。それをエルダが抱きついて止め、イルダの頭を抱えて優しく撫でた。

「……姉さん……だって……っ！」

いいのよ、と言うように、エルダは妹の頭を撫でる。イルダは姉の胸に顔を埋め、嗚咽を漏らした。

「――因果応報という言葉を知っているか」

痛みに呻き、出血のために動くことができないセストが、視線だけを上げる。

「エルダはお前に仕えていた侍女見習いだった。だがお前はエルダの些細な失敗を……ああ、確か、口にした茶が熱すぎて、舌を軽く火傷したからだったか……腹を立て、彼女の喉をかき切った。エルダはそのせいで声を失った」

リベルトの言葉に、ルーチェは大きく目を見開く。セストがまき散らした不幸は、こんな身近にまだあったのだ。

「お前が双子に殺されるのは、当然のことだと思っている。憎しみは連鎖し、いつか自分に返るんだ。お前にも、それが返ってきただけのことだ」

（まさか……リベルトはここで、この人を殺すの……!?）

そうするつもりだとリベルトが言えば、止めることはできない。彼がセストに抱く憎しみはそれだけ強いのだ。だが、それではセストたちと同じことをすることになる。

力でねじ伏せ、言うことを聞かせようとする――そんな国にはもうしたくないと、リベルトはこれまで頑張ってきたのだ。

ルーチェは思わずリベルトの手を握った。何かに気づいたように、リベルトがこちらを見返す。

そして、小さく笑った。……大丈夫だと言うように。

「お前にはきちんと回復してもらって、もう一度裁きを下す。その裁きにより、さらし首になるかもしれないし、一生牢獄住まいになるかもしれないし、あるいは国外追放になるかもしれない。それはすべて、この国の法と照らし合わせ、政を動かす者たちの声を聞き、俺が判断する」

セストの瞳に、一瞬希望の色が宿った。『政を動かす者たち』という言葉に、自分の言うことを聞く者がいると判断したのだろう。

だが、それは思い違いだ。リベルトは十年かけて、この国を少しずつ浄化してきた。今では、実力で、必要とされて這い上がってきた、国のために働く者たちもいるのだ。

リベルトが双子とアロルドを見やる。無言の命令を受け、三人がセストの止血を行う。

青ざめ、苦痛に顔を歪め、セストが呻いた。

「十年前とは……違う、ということか。貴様が、俺に制裁を下したときとは違うと……！」

「……そうなる」

リベルトは無表情だ。何を考えているのか、読み取ることができない。ルーチェは思わずリベルトの腕を強く摑んでいた。

リベルトがこちらを見た。先ほどと同じように、すぐに柔らかい微笑みを見せてくれる。

ホッと息を吐くと、そのやり取りを忌々(いまいま)しげに見つめたセストが、最後の力を振り絞るように続けた。

「ならば裁きを受けよう……！　この国は……私を正当なる皇帝と認め、貴様を……廃位に、追い込むはずだ……。この国は、そうやって今日まで来たのだ……。正しき裁き、が、私に下される、はず、だ……」

アバティーノ伯爵たちは、難しい顔で黙り込んでいる。中には、青ざめている者もいた。

彼らはセストほど楽観視はできないらしい。リベルトがこの十年積み重ねてきたものを、軽んじてはいないのだろう。

「連れていけ」

雇われた男たちが頷き、影武者とともにセストたちを連れていく。アロルドが駆け寄り、深刻な怪我がないか、すぐにリベルトの身体を診た。

打撲の痣や切り傷などはあるが、日頃から鍛えていたおかげで致命傷となるものは一切ないという。皇城に戻って適切な治療をすれば、数日で治るとのことだった。

雇われた男たちは、リベルトが町に下りたときに知り合った者たちだという。所謂ごろつきだが、ひょんなことからリベルトが襲われた事件に巻き込まれ、ともに事件解決をする羽目になり、結果的に彼直属の配下となったとのことだ。今では町に住まう者たちの意見や噂を調べ、リベルトに報告する役目を担っているという。

そういうことだったのかとわかると、急に膝が崩れた。リベルトが抱き支えてくれる。

「すまなかった。教えておけばよかったな……」

「い、いいえ、大丈夫。むしろ知らない方がよかったわ。私はその、演技とかは苦手だし……」

「だが、あのときの演技は素晴らしかった」

急にそんなことを言われてドキリとし、何だか気恥ずかしくなる。双子も便乗し、笑顔で頷いた。

アロルドが、あとで詳しく教えて欲しいと前のめりに聞いてくる。この四人に囲まれていると、恐ろしいことがあったというのに――いつも通りだと思えるのが不思議だった。

リベルトがルーチェの手を取り、立たせてくれる。まだ腰が抜けた状態だったため、ふわりと抱き上げてくれた。

アロルドが先に小屋を出て、馬を引いてくれる。リベルトが馬に乗せてくれ、ルーチェの後ろに乗った。

「さあ、帰るぞ！」

「はい！」

アロルドと双子が、溌剌（はつらつ）とした声で返事する。そっと見上げると、リベルトが柔らかく微笑んで言った。

「帰ろう、ルーチェ。俺たちの我が家へ」

（我が家）

今はそれが離宮で、皇城だ。そこに二人で戻れることがとても嬉しかった。


最も重い罪を犯した者は、収容所の地下牢に閉じ込められる。手足を枷（かせ）で縛（いまし）められ、食事は一日一食しか与えられない。そして鞭（むち）打ちなどで尋問される。

セスト一派はそこに捕らえ、必要な情報をすべて吐かせた。特にアバティーノ伯爵たちから反皇帝派の者たちの名を洗いざらい聞き出すことができたのは僥倖だった。これであとはそれらを潰せば、この国は完全に生まれ変われる。

まだ時間はかかるが、ルーチェが幸せに生きていける国になっていくことは、間違いない。そしてそう遠くない未来に、ルーチェと自分の子がこの国で生きていくのだ。まだ見ぬ子供たちが幸せに笑って過ごせる国になるように、歩みは止めず、尽力していくつもりだ。

だからこそリベルトはルーチェに黙って収容所を訪れ、セストの前に立った。

セストは手負いの獣のように鎖を揺らし、耳を塞ぎたくなるほどの暴言を吐き続ける。その様子は、哀れにすら見えた。

(今度は、間違えない)

リベルトは同行したアロルドに目配せする。

彼の手には、一本の剣があった。よく磨かれた美しい剣だ。

リベルトはそれを受け取ると、何の迷いもなくセストの首に打ち下ろした。

【終章】

セスト元皇子が捕らえられたことにより、反皇帝派が次々と洗い出された。無論、罪を犯していない者は裁かれない。だが罪を犯していない者の方が珍しく、何かしらの罪により彼らは収容所に集められ、裁判を待つことになっていた。彼らをすべて罰するには、それなりの日数が必要だとルーチェにもよくわかった。

だが、一つの区切りがついたことに間違いはない。

だからといって皇妃としての勉学はやめず、努力も惜しまない。自分ができることを精一杯し続けている。その成果が徐々に出始めてきたことを、皇城でやり取りする貴族たちの反応から感じていた。

その日は天気がとてもよく、空気が気持ちよかった。午後の公務がなかったため、間もなくやってくる長く厳しい冬に備え、ルーチェはリベルトのための手編みの手袋を作っていた。

休憩と称して、リベルトが皇城の庭にいたルーチェのもとを訪れる。公務がなくてもすぐに離宮には戻らず、一緒に彼と帰るのが日課になっていた。

「ルーチェ」

呼び声に顔を上げると、リベルトが淡く微笑みながら歩み寄ってくる。双子が一礼し、リベルトのために椅子を引いた。

隣に座ったリベルトは手の中の手袋を見て、嬉しそうに頬を緩めた。

皇城でも信頼できる仲間の前では、こんなふうに素直な感情を見せるようになってきた。それが嬉しい。

「ずいぶんできあがってきたな。冬が楽しみだ」

「ちょっと手を貸してくれる？　サイズを確認したいわ」

リベルトの手を取り、あててみる。サイズの調整は大丈夫そうだ。

手袋を毛糸が入っている籠(かご)に戻す。エルダが淹(い)れてくれた茶を飲み、二人でのんびりと庭を眺める。

特に会話はなかったが、幸せで穏やかな日々だ。リベルトと一緒にいると、会話がなくても不満はない。

一緒にいられるだけで、幸せだ。目を伏せて微笑むと、リベルトが不意に言った。

「――セストが死んだ」

「……え……」

「あのときの傷が悪化して、命を落とした」

変な罪悪感を抱くのではないかと心配になり、双子を見やる。だが彼女たちは静かに落ち着いた表情で、控えていた。

「そう……何だか、上手く言えないけれど……本当に区切りがついた、という感じだわ」

「ああ。ようやく、区切りがついた」

伏し目がちに微笑んで、リベルトはカップを口元に引き寄せる。その端整な横顔を見つめ、ルーチェは笑った。

「これからもっと忙しくなるのね」

リベルトの改革の邪魔をする者はほとんどいなくなった。リベルトはこの国をどんどんよくしていくのだろう。

「そうなるな」

「身体には気をつけてね。絶対よ！　それと、私に手伝えることがあったら遠慮なく言ってね。私は皇妃なのだから」

「……ああ、そうだな。俺の妃は、あなただけだ」

妙にしみじみとした声で言われると、非常に気恥ずかしくなる。

「とりあえず、すぐにでも協力してもらいたいことはある。聞いてくれるか」

「もちろんよ！　何でも言ってちょうだい」

「俺たちの子が欲しい」

「……は……え……？」

ずいっとこちらに身を乗り出しながら、リベルトが真面目な顔で言う。その瞳は、とても真剣だ。

「俺の治世を盤石なものとするためには、跡継ぎが必要だ。それに子が生まれれば、民も新たな希望を見い出して喜ぶ。ルーチェ」

リベルトがルーチェの両手を取る。

「あなたと俺の子が——欲しい」

真っ赤になって、視線を揺らしたあと——ルーチェは小さく頷いた。それは自分も同じ気持ちだった。

ガスペリ帝国はそれから、さらに民衆のための政を行っていく。生まれ変わった帝国は、周辺諸国とも良好な関係を保つ努力もし続けた。

リベルトの名は改革の皇帝として後世に残る。彼の傍にずっと寄り添い続けたルーチェ妃との仲睦まじさは、民に理想の夫婦として長く語り継がれていった。

あとがき

こんにちは。舞姫美です。今作をお手に取ってくださり、ありがとうございます！

今回Ｐ数ギリギリであとがき１Ｐです。書きすぎた！（↑いつもだ！）でもルーチェが世界のすべてであると断言するリベルトを書きたかったので悔いなしです！（むしろ足りない）二人はこれから、今度は「二人で」（ここ、とっても大事）幸せになっていきます。

今回、いつもとちょっと違う雰囲気のヒーローとヒロインになりました。白薔薇姫なルーチェと彼女をとても大切にしているリベルトを、イメージ通りに描いてくださった鳩屋ユカリ先生、どうもありがとうございます！　表紙が二人そのものです！　あれでルーチェの中身はあれでリベルトの中身はごにょごにょ……（遠い目）。

改稿＋Ｐ数削減にいつも辛抱強く付き合ってくださる担当さまをはじめ、今作品に関わってくださったすべての方に深くお礼申し上げます。そして何よりもお手に取ってくださった方に、最大級の感謝を送ります。今作品で少しでも楽しんでいただければ幸せです。

またどこかでお会いできることを祈って。

舞　姫美拝

無情な皇帝の密やかな執愛

～白薔薇姫は可憐に濡れる～

Vanilla文庫

2021年12月20日　第1刷発行　定価はカバーに表示してあります

著　者　舞 姫美　©HIMEMI MAI 2021

装　画　鳩屋ユカリ

発行人　鈴木幸辰

発行所　株式会社ハーパーコリンズ・ジャパン

東京都千代田区大手町1-5-1

電話　03-6269-2883（営業）

0570-008091（読者サービス係）

印刷・製本　中央精版印刷株式会社

Printed in Japan ©K.K. HarperCollins Japan 2021 ISBN978-4-596-31614-1